RLAND

Nikolai Bachnow

Die Schlange mit den Bernsteinaugen

Aus dem Russischen von Aljonna und Klaus Möckel
Einbandgestaltung: Hans-Eberhard Ernst
Illustrationen: Hans-Eberhard Ernst

1. Auflage 1997 Leipzig
Printed in Germany
Offizin Andersen Nexö Leipzig –
ein Betrieb der INTERDRUCK Graphischer Großbetrieb GmbH
ISBN 3-89603-015-9

Erster Teil
Bastindas Schatten

DIE GEBURT DER SCHLANGE

Im Süden des Zauberlandes, dort wo alle Wege enden und schroffe Berge die Steppe begrenzen, erhob sich ein verfallenes Schloss. Das Dach war zum größten Teil abgedeckt, der Wind heulte in den geborstenen Schornsteinen und Regen floss durch die Fensterhöhlen. In einst prunkvollen Sälen wucherte Unkraut und die Mäuse tanzten auf morschen, wurmzerfressenen Möbeln.

Nach einem langen heißen Sommer, in dem die Pflanzen vertrockneten und alle Bäche versiegten, entzündete sich das Gras im Hof. Die Flammen griffen erst auf die Ställe und dann auf das ganze Gebäude über. Sie fraßen sich zu den Kellerräumen hinab und hinauf ins Dachgebälk. Am Ende war von dem einst so stolzen Bauwerk fast nichts mehr geblieben.

Danach breitete sich ringsum große Stille und Ödnis aus. Plötzlich jedoch regte sich etwas, bewegte sich in einem Winkel genau an jener Stelle, wo früher die Küche gewesen war. Es knisterte und knackte in der Erde, der Boden wölbte sich, riss mit lautem Knall auf und ein runder Kopf kam zum Vorschein. Er hatte die Größe dreier Fäuste und war von herrlich schimmerndem Blau. Zwei kleine bernsteingelbe Augen musterten die trostlose Umgebung und eine schmale spitze Zunge schoss aus einem breiten Maul, als wollte sie den Geschmack der Asche prüfen.

„Wer bin ich, und was soll ich hier?", fragte der Kopf, offenbar in der Hoffnung, von jemandem Antwort zu bekommen. Er schob sich weiter aus der Erde und ein langer silbriger Leib wurde sichtbar. Es handelte sich eindeutig um eine Schlange.

„Du bist Lelia, meine Kreatur", ertönte es von der rußigen Küchenwand her. „Erschaffen, um nach Jahren der Ohnmacht meinen Tod zu rächen. Du bist schön und hinterlistig."

„Schön bin ich wirklich", die Schlange betrachtete sich in einer Spiegelscherbe, die am Boden lag und die sie blitzschnell mit der Zunge blankgeleckt hatte. „Und wer bist du?"

„Bastinda, die Hexe und Zauberin, die einst das Violette Land beherrscht hat. Ein kleines, lächerlich einfältiges Mädchen namens Elli hat mich seinerzeit mit Wasser übergossen, so dass ich sterben musste. Das Feuer aber hat mich wieder erweckt, das heißt leider nur meinen Schatten. Immerhin war dieser Schatten mit seiner Zauberkraft stark genug, dich entstehen zu lassen, damit du meine Befehle ausführst."

„Aber ich kann dich weder sehen noch riechen", wandte die Schlange ein.

„Das brauchst du auch nicht, es genügt, wenn du mich hörst. Obwohl du meine Umrisse eigentlich erkennen müsstest, wenn du dich ein bisschen anstrengst. Schau nur hierher, auf diese Mauer."

Die Schlange wandte ihre Augen der Mauer zu, sie sah eine flirrende, leicht gekrümmte Gestalt.

„Du flirrst und glitzerst", stellte sie fest, „trotzdem bist du hässlich."

„Ich bin hässlich und böse", gab der Schatten zu, „das ist meine Natur. Aber das soll dich nicht kümmern."

„Es kümmert mich nicht."

„Umso besser. Dann will ich dir jetzt meine Geschichte erzählen. Wie gesagt, einst war ich Herrscherin in diesem Land, und die Zwinkerer, dumme kleine Menschen, die ständig mit den Augen blinzelten, waren meine Untertanen. Sie dienten mir, haben Kröten, Spinnen und Blutegel für mich gefangen, aus denen ich meine Zaubertränke braute. Auch Schlangen und ...“

„Schlangen?“, unterbrach Lelia sie.

„Ja, Schlangen“, erwiderte der Schatten ungerührt, „euer Gift kam mir sehr gelegen. Aber das brauchst du nicht krumm zu nehmen, diese herrlichen Zeiten sind sowieso vorbei.“

„Wo sind die Zwinkerer jetzt?“, wollte Lelia wissen.

„Keine Ahnung. Ich war ja gewissermaßen abwesend. Mein Gefühl sagt mir allerdings, dass sie in der Nähe sind. Mein Gefühl sagt mir so manches.“

„Was geht das mich an? Sollen die Zwinkerer bleiben, wo sie sind.“ Die Schlange zeigte sich plötzlich bockig.

Der Schatten Bastindas glitt auf Lelia zu.

„Du ärgerst dich, weil ich die Köpfe deiner Artgenossen in meinen großen Kochkessel geworfen und ausgepresst habe wie Zitronen, stimmt's? Aber das hilft dir nicht. Du musst mir trotzdem gehorchen!“

Urplötzlich begann Lelia zu zischen. Ihr Kopf schnellte nach vorn, und sie versuchte die flirrende Gestalt zu beißen. Doch ihr Maul schnappte ins Leere.

Ein kicherndes Lachen ertönte:

„Du dummes Geschöpf, gegen mich kannst du nichts ausrichten. Also sei nicht so empfindlich. Wende deinen Zorn lieber gegen unsere wahren Feinde, die uns daran hindern, stark und mächtig zu werden. Sie sind es, die wir vernichten müssen.“

„Wer sind unsere wahren Feinde?“, fragte die Schlange etwas besänftigt. „Diese Elli?“

Bastindas Schatten krümmte sich, ihre Stimme war ein wütendes Krächzen.

„Sie war ein widerwärtiges Kind und viele Jahre sind seither vergangen. Ich habe nicht das Gefühl, dass sie sich noch im Zauberland aufhält. Aber es gab seinerzeit einen eisernen Kerl, der meine treuen Wölfe erschlagen hat, eine Strohpuppe, die meinen raubgierigen Krähen die Köpfe abriss, und einen Löwen, der mich fressen wollte. Das sind unsere Feinde. Die musst du aufspüren und zur Strecke bringen. Verstehst du?“

„Ja, ja, ich verstehe. Wenn ich auch nicht weiß, was deine Wölfe und deine Krähen mit mir zu tun haben.“

„Sie dienten mir damals, wie du mir jetzt dienen wirst. Und sie hatten ihren Vorteil davon. Wir waren sehr mächtig. Im ganzen Zauberland fürchtete man uns.“

Die Schlange Lelia, gerade erst geboren, wusste mit den Worten Vorteil und Macht noch nicht viel anzufangen.

„Und wo soll ich diesen Eisenmann, die Strohpuppe und den Löwen, finden?“, fragte sie.

„Das weiß ich im Augenblick noch nicht“, erwiderte der Schatten. „Am besten, du kriechst hinaus in die Ebene und suchst die Dörfer der Zwinkerer auf, die es gewiss noch gibt. Dort erfährst du es bestimmt. Ich werde mich gleichfalls umtun, als Schatten gleite ich schnell von Ort zu Ort.“

Die Schlange schwieg einen Moment.

„Wollen wir uns hier wieder treffen?“, erkundigte sie sich schließlich. „Soll ich auf dich warten, wenn ich etwas in Erfahrung gebracht habe?“

„Das brauchst du nicht, Schätzchen“, krächzte der Schatten. „Keine Angst, ich werde dich zu finden wissen, wann und wo es mir gefällt.“

BEI DEN ZWINKERERN

Die Schlange verließ die Schlossruine und kroch auf die Ebene hinaus, die vom Feuer stark verwüstet war. Über weite Strecken nur verbranntes Gras und verkohlte Sträucher. Doch Lelia, die sich noch nicht in der Welt auskannte, hielt das für normal.

Umso überraschter war sie, als sie nach einer Weile auf grünes Gras traf, auf bunte Blumen und Büsche, die saftige Blätter hatten. Ein breiter Graben war vor all dem Grün gezogen, den die Flammen nicht hatten überspringen können.

Lelia schlängelte sich durch den Graben ins Gras und die Frische tat ihrem ausgedörrten Körper gut. Sie labte sich an ein paar Raupen. Wenn der Schatten und ich erst wieder über die Zwinkerer herrschen, werde ich öfter im Gras liegen, dachte sie.

Sie kroch weiter und bekam auf einmal eine kräftige Dusche ab. Erschrocken fuhr sie zurück, richtete ihren Oberkörper auf, um über das Gras hinausschauen zu können, und begann ärgerlich zu zischen.

Ein paar Meter entfernt standen einige Männer und Frauen mit Wasserschläuchen in den Händen. Sie trugen violette Arbeitskleidung und besprengten das Gartenland.

„Was treibt ihr da, ihr Teufel", schimpfte die Schlange, „wollt ihr mich umbringen?"

Die Zwinkerer, gleichfalls erschrocken, begannen nervös zu blinzeln und wichen einen Schritt zurück. Einer stellte das Wasser ab, das von einer Pumpe aus einem tiefen Brunnen heraufgeholt wurde.

„Wir wollten dir nicht schaden", sagte schließlich ein Mann mit Knollennase, der deshalb von allen Knubbel genannt wurde. „Wir gießen nur unsere Gärten, damit sie nicht verdorren."

„Habt ihr mich denn nicht bemerkt?"

„Nein", erwiderte Knubbel. „Du warst ja vom Gras verdeckt. Außerdem haben wir hier lange keine Schlangen gesehen. Schon

gar nicht eine so schöne und große wie dich. Wo kommst du denn so plötzlich her?"

„Aus Bastindas Schloss", sagte Lelia etwas freundlicher, denn sie fühlte sich geschmeichelt. „Es ist niedergebrannt, als ich geboren wurde. Ich suche ein neues Zuhause."

Diese List hatte sie sich ausgedacht, um nicht die wahren Absichten der Hexe preisgeben zu müssen. Obwohl noch nicht lange auf der Welt, war sie schon ziemlich raffiniert.

Als die Zwinkerer hörten, dass Bastindas Schloss abgebrannt war, freuten sie sich sehr.

„Da hat das Feuer endlich einmal etwas Gutes vollbracht", erklärte Knubbel. „Der alte Bau erinnerte uns immer noch an die schlimmen Zeiten früher, da wir von morgens bis abends für diese Hexe schuften mussten. Selbst der Eiserne Holzfäller, unser verehrter Herrscher, wollte dort nicht einziehen. Er hat sich lieber ein eigenes Haus gebaut."

Die Schlange horchte auf.

„Der Eiserne Holzfäller? Verkehrt er mit einer Strohpuppe und einem Löwen?"

„Die drei sind Freunde. Wenn das Regieren es ihnen erlaubt, besuchen sie sich gegenseitig."

„Von diesem Holzfäller habe ich viel Gutes gehört, ich würde ihn gern kennenlernen", sagte Lelia hinterhältig. „Könnt ihr mich nicht zu ihm führen?"

„Nichts leichter als das", erwiderte Knubbel. „Allerdings wohnt er ein Stück weg und du wirst ihn auch kaum zu Hause antreffen. Er ist meist unterwegs, regelt Staatsangelegenheiten oder schaut nach, ob in den Wäldern ringsum alles seine Ordnung hat."

„Das macht nichts, ich werde auf ihn warten", erklärte die Schlange. „Ich habe Zeit."

Sie zogen los, während die anderen wieder an die Arbeit gingen. Lelia hatte inzwischen begriffen, dass es sich bei diesen Männern und Frauen um jene Zwinkerer handelte, von denen der Schatten Bastindas gesprochen hatte. Sie war froh, sie so schnell aufgespürt zu haben. Die Alte wird mit mir zufrieden sein, dachte sie.

Sie mussten eine Weile laufen und der ahnungslose Knubbel erzählte weiter von den Tugenden das Holzfällers.

„Das macht, weil er seinerzeit vom Großen Goodwin ein liebevolles Herz eingesetzt bekommen hat", schloss er. „Darin liegt seine große Stärke und Freundlichkeit."

Lelia wusste nicht, wer dieser Goodwin war, sie merkte sich aber die Sache mit dem Herzen. Zumal Knubbel noch hinzufügte, dass der Eisenmann wohl vor allem deshalb unbesiegbar sei.

„Und die Strohpuppe?“, fragte sie. „Hat die auch so ein starkes Herz?“

„Du meinst den Weisen Scheuch, der in der Smaragdenstadt lebt? Ihm hat der große Zauberer Goodwin ein neues Gehirn gegeben. Seine Kraft liegt in seinem scharfen Verstand.“

Das muss ich mir gleichfalls merken, dachte die Schlange.

„Aber was ist mit dem Löwen? Was zeichnet ihn aus?“, wollte sie weiter wissen.

„Sein Mut natürlich. Bevor Elli die Hexe Bastinda besiegt hat, war er feige. Zumindest hat er das von sich behauptet. Aber Goodwin gab ihm einen Trank und seither hat er vor nichts mehr Angst.“

Die Schlange prägte sich auch das ein.

Endlich erreichten sie ihr Ziel. Das Haus des Eisernen Holzfällers lag am Waldrand, genau gegenüber der Hauptstadt des Violetten Landes. Es war nicht übermäßig groß, jedoch sehr kunstvoll aus Baumstämmen gezimmert, besaß breite Fenster und einen langen Balkon. Das Dach war mit Moos gepolstert, Blumenranken liefen an den Wänden herab. An einem Mast vor dem Haus aber flatterte eine violette Fahne, in deren Mitte eine Tanne abgebildet war. Es war die Flagge des Landes.

Die Tür stand offen, doch als sie eintreten wollten, stellte sich ihnen eine dicke Frau in den Weg.

„Was wünscht ihr?“, sagte sie. „Mein Herr, der Eiserne Holzfäller, ist nicht zu Hause.“

„Sei nicht so abweisend, Hermosa“, erwiderte Knubbel, „du weißt doch, wer ich bin. Ich bringe jemanden mit, der unseren Herrscher gern kennenlernen möchte.“

Lelia, die sich bereits etwas aufgerichtet hatte, um die Frau anzuzischen, bezähmte sich und säuselte:

„Ja, das ist mein größter Wunsch. Ich habe schon so viel von dem eisernen Mann und seinem guten Herzen gehört."

Die Frau musterte die Schlange eingehend.

„Das mag schon sein", erwiderte sie, „ich hab ja auch nichts gegen euch persönlich. Aber ich bin die einzige, die hier ein wachsames Auge auf alles hat. Knubbel ist genauso arglos wie mein Herr. Die beiden würden jeden einlassen, der ein paar freundliche Worte spricht."

„Und wir haben recht", erklärte der Zwinkerer. „Damit sind wir in den letzten Jahren immer gut gefahren. Noch nie hat uns ein Gast enttäuscht."

„Noch nie? Denk doch nur an den Räuber Rotbart, der unser silbernes Besteck hat mitgehen lassen, oder an den kleinen sechsköpfigen Drachen. Er hat sämtliche Blumengirlanden abgefressen."

„Unser Herrscher braucht doch nichts zu essen. Ich glaube, er war ganz froh, dass das Besteck verschwand. Und die Blumen sind wieder nachgewachsen", erwiderte Knubbel.

„Trotzdem gehört sich das nicht. Wenn ich zum Beispiel euch etwas anbieten wollte, müsstet ihr mit den Aluminiumlöffeln vorlieb nehmen."

„Du brauchst uns nichts anzubieten", sagte Knubbel nun etwas gereizt. „Ich kann sowieso nicht bleiben, muss wieder an die Arbeit." Und an die Schlange gewandt: „Tut mir leid, aber so ist sie nun mal. Vielleicht kannst du hier draußen auf den Holzfäller warten. Sag ihm, dass *ich* dich hergebracht habe." Wohl um nicht weiter mit Hermosa streiten zu müssen, schritt er eilig davon.

Die Dicke sah ihm unzufrieden nach.

„So ist sie nun mal – was bildet sich dieser Knubbel ein? Überall muss man sich anmelden, wenn man dem Herrscher einen Besuch abstatten will, sogar in der Smaragdenstadt. Ich war kürzlich dort, ich weiß es genau."

„Dann möchte ich mich hiermit höflichst bei deinem Herrn anmelden“, sagte Lelia artig.

„So? Das ist schon etwas anderes. Der Eiserne Holzfäller muss bald zurück sein. Du kannst im Vorzimmer auf ihn warten.“

Die Frau gab unvermutet die Tür frei und die Schlange ließ sich nicht zweimal bitten. Schnell schlüpfte sie in die Diele, wo ein Tisch, ein paar Stühle und an der Wand eine Bank standen. Sie machte es sich auf der Bank bequem.

Die Frau verschwand und kam gleich darauf mit einem Schälchen süßer Milch wieder, in der Weißbrotflocken schwammen.

„Iss und trink“, sagte sie, „du wirst hungrig sein. Niemand soll behaupten, wir wüssten nicht, wie man höfliche Gäste behandelt.“

Lelia ließ es sich schmecken. Tatsächlich hatte sie Hunger und

Durst gehabt, und die Milch sättigte wunderbar. Die Frau war wieder gegangen, und fast wäre die Schlange eingeschlafen, doch eine krächzende Stimme hielt sie davon ab.

„Na", sagte der flirrende Schatten der Hexe Bastinda, der durchs Fenster ins Zimmer geschlüpft war, „hast du in Erfahrung gebracht, worin die Macht unserer Feinde liegt?"

„Der Eiserne Holzfäller hat ein starkes, liebevolles Herz bekommen", erwiderte die Schlange, „die Strohpuppe Scheuch ein kluges Gehirn, der Löwe Mut durch einen besonderen Trank."

„Und was wirst du jetzt tun?"

„Ich ... ich weiß nicht. Diese Dinge machen die drei unbesiegbar, wie mir die Zwinkerer gesagt haben."

„Unbesiegbar ist niemand", Bastindas Stimme klang gereizt. „Aber es ist schon richtig, solange die drei Mitgefühl, Verstand und Mut haben, können wir es nur schwer mit ihnen aufnehmen. Deshalb müssen wir klug vorgehen und ihnen diese Schätze abnehmen. Mit dem Eisenkerl fängst du an."

„Ich ... wieso ich?", fragte Lelia.

„Weil ich es dir befehle. Bei mir würde er auch Verdacht schöpfen. Aber keine Angst, ich bin bei dir."

„Trotzdem weiß ich nicht ...", begann die Schlange, wurde jedoch jäh unterbrochen. Der Schatten war urplötzlich verschwunden. Stattdessen saß eine schneeweiße Katze auf dem Fensterbrett.

Lelia fing sofort zu zischen an. Obwohl sie noch nie eine Katze gesehen hatte, war ihr das Tier unsympathisch. Dann besann sie sich aber und fragte:

„Bist du Bastindas Schatten, hast du dich verwandelt?"

Die Katze, die echt war und ins Haus gehörte, erwiderte:

„Bastindas Schatten, was redest du da? Soviel man mir erzählt hat, war das eine alte hässliche und böse Zauberin, die längst das Zeitliche gesegnet hat. Ich bin Mia, die Katze des Holzfällers. Und wer bist du?"

„Lelia, die silberne Schlange mit dem blauen Kopf und den Bernsteinaugen."

„Einen schönen blauen Kopf mit gelben Augen hast du wirklich", bestätigte die Katze. „Trotzdem, ich mag Schlangen nicht." Und sie fügte hinzu: „Du bist mir übrigens besonders verdächtig."

„Ich mag dich genauso wenig, verschwinde!" Lelia, gut zwei Meter lang, richtete sich in ihrer ganzen Größe auf.

Die Katze ließ sich nicht einschüchtern.

„Gib nicht so an, schließlich bin ich hier zu Hause und du nur ein Gast. Aber egal, ich wollte ohnehin im Garten nach dem Rechten sehen. Jedenfalls werde ich dich im Auge behalten, bloß damit du Bescheid weißt." Sie sprang mit einem eleganten Satz durchs offene Fenster nach draußen.

Was für ein Biest, dachte Lelia, ich muss auf der Hut vor ihr sein. Etwas griesgrämig rollte sie sich auf der Bank zusammen. Es würde nicht leicht werden, dem Eisernen Holzfäller sein Herz zu rauben.

DIE KATZE BEHÄLT RECHT

Die Katze lief über einen kleinen Hof in den Garten, wo sie sich zunächst unter einem Busch niederließ. Dort war es schön schattig und sie konnte in Ruhe überlegen. Nein, mit dieser Schlange stimmte etwas nicht. Dass sie bei ihrem, Mias, Anblick gleich zu zischen und zu züngeln angefangen hatte, mochte noch angehen, das war offenbar ihre Natur. Aber was sollte das Gerede von Bastindas Schatten und irgendwelcher Verwandlung? War dieser Kaltblüter vielleicht nicht ganz richtig im Kopf? Schon als sich Mia dem Fenster genähert hatte, war es ihr so vorgekommen, als hätte Lelia mit jemandem gesprochen. Nicht mit Hermosa, deren Stimme kannte sie, und auch nicht mit einem Nachbarn. Aber dann war die Schlange allein im Raum gewesen. Führte sie etwa Selbstgespräche?

Eine Maus schaute aus ihrem Loch, reckte das spitze Schnäuzchen witternd in die Luft und blickte danach frech zu ihr herüber, doch Mia war so in Gedanken, dass sie keine Notiz davon nahm. Was wollte Lelia von dem Eisernen Holzfäller? Ihm ihre Verehrung bezeigen? Das kann ich nicht glauben, dachte die Katze, da steckt etwas anderes dahinter.

Sie erhob sich wieder und rannte zu einem Baum am äußersten Ende des Gartens. Unser Herrscher ist sehr vertrauensselig, ich muss auf ihn aufpassen und ihn warnen, sagte sie sich. Sie kletterte auf den Baum, um den Holzfäller schon von weitem entdecken zu können, wenn er auftauchte, und kam sich ungeheuer wichtig vor.

Vom Wipfel dieser Buche aus hatte man tatsächlich einen weiten Blick. Rechts dehnte sich die Ebene, aus der Knubbel und Lelia gekommen waren, mit den Bergen im Hintergrund, links lag die Stadt der Zwinkerer mit ihren hübschen, blumengeschmückten Holzhäusern, mit Parks und einem Teich im Zentrum, alles von einer alten Mauer umschlossen. Hinter Mia erhoben sich zwischen

Wiesen und kleinen Wäldern einzelne Gehöfte und vor ihr schließlich begann der Wald. Von dort musste der Holzfäller kommen. Die Zwinkerer brauchten eine neue Mühle und der Eisenmann war ins Sägewerk gegangen, um gemeinsam mit dem Müller das entsprechende Bauholz auszusuchen.

Für diese Dinge interessierte Mia sich wenig. Ausgestreckt auf einem Ast liegend, ließ sie sich vom Wind wiegen, schaute nur ab und zu einmal zum Haus hinüber, ob vielleicht ihre Herrin wegging und die Schlange unbeaufsichtigt ließ. Das geschah nicht, doch nach einer Weile erschien der Eiserne Holzfäller am Waldrand. Er hatte wie üblich die Axt im Gürtel stecken. Wegen der Hitze trug er den Blechtrichter, seine Kopfbedeckung, in der Hand.

Mia kletterte schnell vom Baum und lief zum Gartentor. Vom Torpfeiler aus begrüßte sie miauend den Herrscher des Violetten Landes.

„Du scheinst mir aufgeregt, Kätzchen“, sagte der Holzfäller, „ist etwas passiert?“

„Noch nicht“, erwiderte Mia, „aber wir müssen achtgeben. Ich habe so eine Ahnung.“

„Und wieso?“

„Eine große Schlange wartet im Haus auf dich. Sie sieht sehr schön aus, benimmt sich aber sonderbar.“

Der Holzfäller war erstaunt. Zwar gab es in den Wäldern ringsum einige Schlangen, doch sie waren klein und weniger prächtig. Zu Besuch war noch keine gekommen.

„Was verstehst du unter sonderbar?“

„Sie hat etwas Gefährliches an sich und führt Selbstgespräche.“

Der Holzfäller musste lachen.

„Manchmal, wenn ich allein im Wald bin, führe ich auch Selbstgespräche“, sagte er. „Das bringt die Einsamkeit mit sich.“

„Bei ihr ist es etwas anderes.“

„Nur keine Angst, Kätzchen“, erwiderte der Holzfäller, „wahr

scheinlich ist deine Schlange ganz harmlos. Ich werde mich mit ihr unterhalten und fragen, was sie will."

Er ging zum Haus, während die Katze am Tor zurückblieb. Wir werden ja sehen, dachte sie.

Inzwischen hatte Lelia krampfhaft überlegt, wie sie an das Herz des Holzfällers herankommen könnte. Vor Anstrengung war ihr blauer Kopf fast lila geworden und hatte einen Höcker bekommen.

Ich werde ihm erst einmal Honig ums Maul schmieren, dann wird uns schon etwas einfallen, sagte sie sich und hoffte, der Schatten würde wieder auftauchen. Doch der schwirrte anscheinend sonstwo herum, ließ sich weder hören noch blicken.

Der Holzfäller stapfte schweren Schritts herein und sogleich steckte auch seine dicke Haushälterin den Kopf durch die andere Tür.

„Wir haben eine Besucherin, sie möchte dich sprechen und hat sich angemeldet", erklärte die Frau.

Der Holzfäller begrüßte die Schlange und bat sie in sein Arbeitszimmer, in dem er auch die Staatsangelegenheiten verhandelte. Dort fragte er sie nach ihrem Begehr.

„Ich wollte dich einfach kennenlernen, Großer Holzfäller", säuselte Lelia. „Ich habe so viel Gutes über deinen Charakter und deine Werke gehört, dass ich aus den Bergen, wo ich geboren bin, unbedingt hierher kommen musste." Sie hatte sich inzwischen überlegt, dass sie Bastindas Schloss nicht mehr erwähnen wollte.

„Ich tue nur meine Pflicht, wie jeder andere in diesem Land", gab der Eisenmann zur Antwort. „Wenn ich aber hier und da jemandem helfen konnte, dann allein, weil mir einst ein starkes und gütiges Herz geschenkt wurde."

„Auch davon hat man mir erzählt. Es muss wirklich wunderbar sein, dein Herz. Ich würde viel darum geben, es einmal berühren zu dürfen."

Der Holzfäller lächelte.

„Das geht leider nicht", sagte er. „Hier, wirf einen Blick auf meine Brust, sieh die Stelle, wo der Kunstschmied seinerzeit das Eisen verschweißt hat. Darunter sitzt mein Herz, und ich bin froh, dass es so gut verwahrt ist."

Die Schlange betrachtete interessiert die Schweißstelle und begriff, dass sie da mit Gewalt nichts ausrichten konnte. Nur eine List würde helfen. Doch dazu brauchte es Zeit.

„Schade“, murmelte sie, „sehr schade. Aber ich bin unverschämt. Du wirst müde sein und möchtest dich bestimmt ausruhen. Vielleicht können wir uns später weiter unterhalten.“

„Müde bin ich nicht, doch ich muss ein paar Papiere unterschreiben. Wenn du willst, kannst du das Gästezimmer haben. Morgen setzen wir unser Gespräch fort. Du musst mir erzählen, wie es in den Bergen aussieht, ich war lange nicht dort.“

„Das will ich gerne tun“, erwiderte Lelia scheinheilig, „das Zimmer aber brauche ich nicht. Ich suche mir ein Plätzchen im Garten.“

Der Holzfäller war einverstanden und die Schlange verließ das Haus. Sie kroch unter einen Windröschenbusch, wo sie sich unbeobachtet fühlte.

Kaum hatte sie sich ins Gras gelegt, um die Frische zu genießen, flirrte es vor ihr und Bastindas Schatten wuchs aus dem Boden.

„Ich habe alles gehört“, sagte die Zauberin, „dieser Eisenkerl ist so einfältig, dass es uns nicht schwerfallen dürfte, ihn einzuwickeln.“

„Aber sein Herz ist fest in der Brust eingeschweißt, wie sollen wir da heran?“

„Schade, dass ich meinen goldenen Zauberhut nicht mehr habe, mit dem ich die Fliegenden Affen rufen konnte“, murmelte Bastinda. „Sie haben den Holzfäller schon einmal auseinandergenommen.“

„Vielleicht findet sich der Hut noch irgendwo“, sagte die Schlange hoffnungsvoll.

„Nein, nein, das ist vorbei. Wir müssen uns etwas anderes einfallen lassen. Wie wär’s, wenn ich dich in eine Frau verwandle, die einen Bösewicht zum Mann hat? Ich weiß, dass du deine Rolle gut spielen wirst.“

Bastinda erklärte der Schlange genau, was sie von ihr wünschte, und kurz darauf klopfte Lelia in Gestalt eines armen verhärmten Weibes an die Tür des Holzfällers.

Der Eisenmann wunderte sich zwar, dass heute bereits eine zwei-

te Besucherin bei ihm vorsprach, aber da er seine Papiere inzwischen geordnet und unterschrieben hatte, hörte er sich geduldig an, was sie von ihm wollte.

„Ich komme in großer Not zu dir, lieber Holzfäller“, klagte das Weib. „Vor Jahren habe ich einen Mann geheiratet, der freundlich war wie kein zweiter, großzügig und voller Güte. Doch leider hat er sich in der letzten Zeit sehr verändert. Er ist unerträglich böse geworden, lässt mich in Lumpen gehen und schlägt die Kinder. Mit einem Wort – wo er früher ein Herz hatte, befindet sich heute nur noch ein Stein.“

„Das ist sehr schlimm, gute Frau“, erwiderte der Holzfäller. „Keiner weiß besser als ich, was es bedeutet, kein Herz zu haben.“

„Deshalb komme ich ja zu dir, mein Herrscher, nur du kannst ihm helfen.“

„Was soll ich tun, liebe Frau, soll ich zu ihm gehen und mit ihm sprechen?“

„Nein“, erwiderte das Weib und schüttelte betrübt den Kopf, „das würde ihn kaum umstimmen. Vor allem aber ist der Weg zu weit, denn ich komme vom Ende des Violetten Landes, bin über siebzehn Berge und durch siebzehn Täler gegangen.“

„So weit kann ich wirklich nicht weg“, erwiderte der Holzfäller. „Wir müssen in der Stadt eine neue Mühle bauen und unsere Gärten begießen, solange noch die große Hitze herrscht.“

„Ich habe eine andere Bitte, doch nicht den Mut, sie dir vorzutragen.“

„Keine Angst, gute Frau, nur heraus mit der Sprache.“

„Aller Welt ist bekannt, dass du so gütig bist, eben weil du dieses einzigartig liebevolle Herz besitzt. Ich wage es kaum auszusprechen, aber ich dachte, dass du meinem Mann vielleicht ein kleines Stück davon abgeben könntest?“

„Ein Stück von meinem Herzen?“ Der Holzfäller war überrascht. „So eine Bitte hat in der Tat noch niemand an mich gerichtet.“

„Ein winziges Zipfelchen“, sagte das Weib schnell. „Dir würde es bestimmt nicht schaden, und uns wäre sehr geholfen. Es würde reichen, meinem Mann die Freundlichkeit wiederzugeben.“

Die Stärke seines Herzens war auch des Holzfällers Schwäche. Sein Mitleid war riesengroß.

„Einverstanden“, sagte er schließlich. „Aber wir müssten zum Kunstschmied gehen, damit er mir die Brust aufschneidet.“

„Bestimmt ist nur ein kleines Loch nötig. Meine Kinder und ich wären dir ein Leben lang dankbar. Wohnt er weit weg, der Kunstschmied?“

„Keine fünfhundert Meter. Er hat sein Haus am Stadtrand.“

„Das hat der Himmel so gefügt“, sagte das Weib. „Wollen wir nicht gleich hingehen? Ich kann es gar nicht mehr erwarten, meinem armen Mann die Güte zurückzugeben.“

Die Eile hätte den Holzfäller warnen müssen, doch ihm lag jegliches Misstrauen fern.

„Nun gut, warum nicht“, erwiderte er, „ich habe meine Arbeiten hier sowieso beendet. Erkundigen wir uns beim Kunstschmied, ob er Zeit hat.“

Sie wollten gerade aufbrechen, da schaute die Katze Mia zum Fenster herein. Sie hatte die Schlange eine Weile beobachtet, aber dann war die plötzlich verschwunden. Stattdessen hatte dieses ärmliche Weib beim Eisernen Holzfäller angeklopft.

„Willst du uns schon wieder verlassen, Herr?“, fragte die Katze. „Wir müssten uns noch über die silberne Schlange unterhalten, die in den Garten kam und jetzt spurlos verschwunden ist. War sie bei dir?“

„Ach ja, die Schlange“, sagte der Holzfäller. „Sie ist bestimmt bloß in ein Loch gekrochen, um sich etwas auszuruhen. Sie wird schon wiederkommen. Im Augenblick habe ich ohnehin keine Zeit. Ich muss mit dieser armen Frau zum Kunstschmied, denn ich will ihrem Mann ein Zipfelchen von meinem Herzen abgeben.“

Mia war durch diese Worte sehr beunruhigt. Sie schaute aufmerksam das Weib an, das sich bei ihrem Auftauchen merklich verändert hatte. Es hatte sich leicht geduckt und böse Funken in den Augen.

„Was denn, du willst dir ein Stück von deinem kostbaren Herzen herausschneiden lassen?“, fragte Mia bestürzt.

„Nur ein ganz kleines Eckchen. Es ist ja zu einem guten Zweck.“

„Katzen verstehen davon nichts“, sagte in diesem Augenblick das Weib mit zischelnder Stimme. „Sie sollten sich nicht in Angelegenheiten mischen, die sie nichts angehen.“

Plötzlich begriff Mia. Sie hatte es in der Nase gehabt und die Stimme gab den Ausschlag. Mit einem lauten Fauchen sprang sie dem Weib auf die Schulter, wollte ihm die Krallen ins Fleisch schlagen. Doch dazu kam es nicht. Bevor sie noch zupacken konnte, fiel die Frau plötzlich in sich zusammen. Es gab einen Knall, weißer

Dampf stieg auf und Lelia, wieder zur Schlange geworden, schoss blitzschnell durchs Fenster ins Freie. Mia sah kurz ihren Leib in der Sonne blinken, war aber selbst so erschrocken, dass sie eine Verfolgung unterließ.

„Was war das?“, fragte der Holzfäller erstaunt, denn er hatte in dem Rauch und Dampf nichts erkannt.

„Die Schlange Lelia, das hinterhältige Biest“, rief Mia. „Sie wollte dir das Herz stehlen.“

„Aber es war keine Schlange, sondern eine Frau“, beharrte der Holzfäller. „Ich hatte Mitleid mit ihr.“

„Genau das wollte sie ausnutzen. Sie muss uns etwas vorgegaukelt haben. Sollte mich nicht wundern, wenn ein böser Zauber hinter der Sache steckt.“

„In unserem Land gibt es keine bösen Zauberer mehr“, sagte der Eisenmann. „Kürzlich, als wir der Seekönigin vom Weißen Muschelmeer halfen, haben wir zwar noch einen Angler kennengelernt, der den Tapferen Löwen in eine kleine Katze wie dich verwandelt hat, aber das war mehr ein Versehen.“

„Und was hat sich dann soeben vor unseren Augen abgespielt?“

„Da hast du Recht, das war sehr eigenartig“, gab der Holzfäller zu. Und nachdem er eine Weile nachgedacht hatte, erklärte er: „Komm mit in den Garten, wir werden Lelia fragen.“

BASTINDAS HINTERLIST

Als der Holzfäller und Mia in den Garten kamen, lag Lelia auf einem großen Stein und sonnte sich. Sie tat, als sei sie soeben erst aus dem Schlaf erwacht.

„Du liegst hier und sonnst dich", sagte der Holzfäller. „Uns schien es aber, als wärst du gerade noch in meinem Arbeitszimmer gewesen."

Lelia gab sich unschuldig.

„Ich? Wie kommt ihr darauf? Ich habe auf diesem wunderbar warmen Stein gelegen und geschlafen."

„Und du hast niemanden vorbeikommen sehen?"

„Niemanden. Allerdings habe ich von einer alten Hexe geträumt, die in einer Dampfwolke auf einem silbernen Besen aus deinem Fenster geritten kam."

„Dann gibt es vielleicht doch noch Hexen. Das wäre immerhin eine Erklärung", sagte der Holzfäller unschlüssig.

„Eine Erklärung wofür?"

„Dass eine arme Frau bei mir war und angeblich für ihren bösen Mann ein Stückchen von meinem Herzen wollte", erwiderte der Eisenmann.

„So eine Gemeinheit. Du wolltest ihrem Wunsch doch nicht etwa nachkommen?", fragte Lelia. Sie tat sehr entrüstet.

Bevor der Holzfäller antworten konnte, sagte Mia:

„Die letzte Hexe, von der ich im Zauberland gehört habe, war die Riesin Arachna. Und die ist mit einem Teppich geflogen."

„In den abgelegenen Tälern jenseits der Berge gibt es Hexen, die sogar auf goldenen Besen reiten", behauptete die Schlange.

„Wenn du dich so gut in diesen Tälern auskennst, wäre es besser, du gingst dorthin zurück", erwiderte die Katze schnippisch.

Dem Holzfäller gefiel es nicht, dass Mia so abweisend war. Er tadelte sie und unterhielt sich eine Weile mit Lelia über ihre angebliche Heimat. Sie schwindelte, so gut sie es vermochte.

Endlich kehrte der Eisenmann ins Haus zurück. Kaum war er in seinem Zimmer, klopfte jemand an die Tür. Ein kleines, trauriges, in Lumpen gehülltes Mädchen.

Der Holzfäller war verwundert. Er fragte:

„Wo kommst du denn her? Du hast ja kaum etwas anzuziehen. Schickt dich deine Mutter zu mir?"

„Um Himmels willen, nein. Ich habe nur eine böse Stiefmutter und die würde mich totschlagen, wenn sie wüsste, dass ich hier bin. Bitte erzähle ihr nichts. Ich bin gekommen, weil ich erfahren habe, dass du so ein mitleidiges Herz hast."

Nun war der Holzfäller noch mehr erstaunt. Er fragte sich, warum heute alle auf sein Herz anspielten.

„Na gut“, sagte er ein bisschen barsch, „was willst du von mir?“

„Du bist mir böse“, erwiderte das Mädchen betrübt, „jeder schimpft bloß mit mir.“

„Nein, nein“, sagte der Holzfäller hastig, „ich bin dir nicht böse. Es ist nur so, dass sich heute alle für mein Herz interessieren. Vorhin wollte eine alte Frau sogar ein Stückchen davon haben.“

„Wie konnte sie nur so einen Wunsch äußern!“, rief das Mädchen. „Ein Herz kann man doch nicht aufteilen. Nie und nimmer ist das möglich. Wenn du es mir freilich einmal zeigen würdest ... Ich glaube, das könnte mir für die Zukunft sehr helfen. Ich würde Kummer und Not viel besser ertragen.“

Wenn sie mein Herz nur sehen will, ist das etwas anderes, es kann kein Hintergedanke dabei sein, sagte sich der Holzfäller. Außerdem ist das ja ein unschuldiges Kind.

„Dann müsste ich mir vom Kunstschmied aber einen Schnitt in die Brust machen lassen. Du weißt ja, ich bin aus Eisen.“

„Tut das sehr weh?“, fragte das Mädchen.

„Überhaupt nicht. Als es mir eingesetzt wurde, spürte ich nur ein leichtes Kribbeln in der Brust.“

„Du würdest mir damit meinen sehnlichsten Wunsch erfüllen“, rief das Mädchen. „Lass uns doch bitte schnell zum Kunstschmied laufen!“ Sie kuschelte sich zutraulich an ihn.

Der Holzfäller war ganz gerührt. Warum habe eigentlich ich keine Kinder, dachte er.

„Meinetwegen, wenn du so lieb bittest. Ich habe gerade ein bisschen Zeit.“

Sie machten sich auf den Weg. Die Katze Mia, die gekränkt war, weil der Eisenmann sie getadelt hatte, saß am Gartentor und sah sie vorbeigehen.

„Willst du schon wieder aus dem Haus, Herr?“, fragte sie misstrauisch. „Doch nicht etwa zum Kunstschmied? Wo kommt denn auf einmal dieses Mädchen her?“

„Eigentlich geht es dich nichts an, Katze, aber wir sind tatsächlich auf dem Weg zum Schmied. Ich möchte diesem armen Waisenkind mein Herz zeigen. Es wird daraus Kraft für sein schweres Leben schöpfen."

Mia schaute sich das Kind aufmerksam an. Nichts Auffälliges war an ihm, außer seinen böse funkelnden gelblichen Augen.

„Vielleicht sollten wir der Kleinen erst einmal eine gute Mahlzeit vorsetzen und neue Kleider geben. Sie sieht ja ganz verwahrlost aus. Der Kunstschmied kann bestimmt noch warten."

„Was mischst du dich ein, dummes Tier!", erwiderte das Mädchen mit zischelnder Stimme. „Der Holzfäller ist klüger als du und braucht deine Ratschläge nicht."

Die Stimme gab den Ausschlag, Mia hatte es geahnt. Mit einem Satz sprang sie dem Kind auf den Rücken, schlug ihm die Krallen in die Schulter.

„Was fällt dir ein ...", begann der Eisenmann, wurde jedoch durch einen jähen Knall unterbrochen. Ein Blitz zuckte, eine Dampfwolke stieg auf und das Mädchen war wie vom Erdboden verschluckt. Im Busch am Wegrand aber raschelte es. Mia glaubte für Augenblicke einen silbrigen Schlangenleib zu sehen.

„Was war denn das?", fragte der Holzfäller verblüfft. „Wo ist das arme Kind hin?"

„Es gibt kein Kind. Das war wieder so ein mieser Zaubertrick. Diese heimtückische Schlange! Ich hab es gleich gewusst."

Der Holzfäller wurde nachdenklich. Offenbar hatte es wirklich jemand auf sein Herz abgesehen.

„Wir werden diese Lelia zur Rede stellen", sagte er entschlossen.

Sie wollten gerade zurück in den Garten, da tauchte am Ende des Weges eine sonderbar lustige Gestalt auf. Ein spitzer Hut mit breitem Rand, unter dem ein Strohschopf hervorlugte. Ein runder Kopf mit angemalten Augen, Nase und Mund. Eine grüne Jacke mit goldenen Knöpfen über einer schwarzen Tuchhose.

„Aber das ist ja der Scheuch!“, rief der Holzfäller verblüfft aus. „Was für eine Überraschung! Sein Besuch ist mir weder durch die Vogelpost noch durch sonst jemanden angekündigt worden.“

Mia war ebenfalls erstaunt, zugleich aber hoch erfreut. Mit dem Herrscher der berühmten Smaragdenstadt kam immer Leben ins Haus, er wusste eine Menge interessanter Geschichten zu erzählen und hatte für sie zumeist einige Leckerbissen in den Taschen. Sein sprichwörtlich scharfer Verstand würde in der Angelegenheit, die sie mit dieser hinterhältigen Schlange zu klären hatten, von großem Nutzen sein.

Der Holzfäller eilte seinem Freund entgegen.

„Weiser Scheuch“, rief er, „was für eine großartige Idee, mich zu besuchen! Ich hatte schon Sehnsucht nach dir, denn seit deiner Hochzeit mit Betty und unserem Sieg über das schreckliche Seemonster haben wir uns nicht mehr gesehen. Und nun kommst du so mir nichts, dir nichts die Straße entlang. Warum hat mir Kaggi-Karrs Postdienst keine Nachricht übermittelt?“

Statt ihn wie üblich zu umarmen, wenn sie sich eine Weile nicht gesehen hatten, reichte die Strohpuppe ihm nur eine schlaffe und kalte Hand.

„Ich bin gekommen, weil ich dich um etwas bitten will, lieber Freund, doch das kann ich dir nur selber mitteilen. Seit unserer letzten Begegnung ist viel geschehen und es war leider wenig erfreulich.“

„Haben sich etwa neue Feinde eingefunden? Leute, die wie damals Urfin mit seinen Holzsoldaten oder die Außerirdischen von der Rameria die Smaragdenstadt und ihre Bewohner angreifen wollen? Wir werden sie gemeinsam in die Flucht schlagen.“

„Nein, nein, in der Smaragdenstadt ist alles in Ordnung. Doch etwas viel Schlimmeres ist mir zugestoßen. Betty, meine liebe Frau, hat sich von mir abgewandt.“ Aus den Augen des Scheuchs tropften dicke Tränen.

Der Eiserne Holzfäller war betroffen, denn Betty Strubbelhaar, die der Scheuch erst vor einem Jahr geheiratet hatte, war das liebreizendste Geschöpf, das er kannte.

„Betty? Das kann nicht sein! Ich erinnere mich noch, wie glücklich sie war, als wir vom Muschelmeer zurückkehrten. Wie fröhlich sie dich in die Arme schloss."

„Und doch ist es geschehen. Ein Fluch muss auf sie gefallen sein, denn sie ist zänkisch und missgünstig geworden. Din Gior, mein Erster Minister, meint, etwas Ähnliches sei vor Jahren einer Prinzessin im nördlichen Land passiert. Nur durch den Einfluss eines mitfühlenden Herzens könne sie geheilt werden."

„Eines Herzens, wie ich es besitze?"

„Deshalb bin ich hier", erwiderte der Scheuch.

Als die Katze das Wort Herz hörte, horchte sie auf. Sie schaute der Strohpuppe ins Gesicht, konnte aber keinerlei Funkeln in den Augen entdecken. Dennoch fragte sie:

„Du willst mit meinem Herrn doch nicht zum Kunstschmied?"

„Wo denkst du hin", erwiderte der Scheuch, „ich lade meinen Freund nur zu uns in die Smaragdenstadt ein."

„Eigentlich wollten wir eine neue Mühle bauen. Die Gärten müssen auch weiter gewässert werden, wegen der Dürre", wandte der Eiserne Holzfäller ein.

„Ich bitte dich um Bettys willen, mitzukommen. Die Mühle können bestimmt deine Zimmerleute bauen."

Der Holzfäller überlegte noch einen Augenblick, doch Freunde müssen füreinander da sein und so stimmte er zu.

„Schick diese Schlange am besten weg", sagte er zu Mia, „es kann eine Weile dauern, bis ich zurück bin."

Der Katze ging die Sache zwar ein bisschen schnell, aber weder im Blick noch an der Stimme des Scheuchs hatte sie etwas Ungewöhnliches entdecken können. Als sie wenig später Lelia auf ihrem Stein liegen sah, richtete sie ihr die Worte des Holzfällers aus.

Die Schlange schien es nicht tragisch zu nehmen.

„Ich werde in meine Berge zurückgehen“, zischte sie. „Ohne dich ist mir sowieso wohler.“

„Ganz meinerseits“, erwiderte Mia.

Am nächsten Morgen brachen der Eiserne Holzfäller und der Scheuch in die Smaragdenstadt auf. Sie waren noch keine zwanzig Minuten gegangen, da sagte der Scheuch:

„Es ist so heiß, mir ist furchtbar schwindlig. Dort am Hügel weiß ich ein Haus. Wollen wir nicht einen kühlen Trunk zu uns nehmen?“

„Einen Trunk? Ich versteh dich nicht. Ich bin aus Eisen, du aus Stroh, wir beide haben doch noch nie etwas zu trinken gebraucht.“

„Jetzt ist mir jedenfalls danach.“

Der Holzfäller wunderte sich, ging aber mit. Kaum hatten sie sich jedoch dem Haus genähert, trat hinter einem Baum ein Hüne von Kerl hervor. Mit zwei Schritten stand er bei dem Eisenmann und schlug ihm einen schweren Hammer über den Kopf.

Der Holzfäller brach bewusstlos zusammen, gab keinen Laut mehr von sich. Der Scheuch aber sagte:

„Schlepp ihn in deine Schmiede und schneide ihm die Brust auf. Wenn ich sein Herz habe, kannst du mit ihm machen, was du willst.“

„Das kostet dich zwei weitere Diamanten“, erwiderte der grobschlächtige Mann.

„Meinetwegen. Aber erst, wenn die Arbeit getan ist.“

Der Schmied, ein mürrischer und gieriger Geselle, schleifte den armen Holzfäller in seine Werkstatt, schnitt ihm mit einer großen Blechschere die Brust auf und nahm sein schönes seidenes Herz heraus. Dann warf er ihn hinterm Haus in eine Grube mit allerhand Gerümpel. Nachdem er das Herz an den Scheuch übergeben hatte, nahm er seinen Lohn in Empfang. Die ganze Nacht über betrachtete er seine Diamanten und malte sich aus, was er alles dafür kaufen konnte.

DAS TAL DER FRAGEN

Kaum hatte der Scheuch die Schmiede verlassen, nahm er die Gestalt der Schlange Lelia an. Das wertvolle rote Seidenherz im Maul, kroch sie eilig den Hügel hinterm Haus hinauf zu einer Dornenhecke.

Sofort zeigte sich auch Bastindas Schatten. Als die Hexe das Herz sah, hob sie triumphierend die Arme.

„Diese Strohpuppe nachzuahmen, war die beste Idee, die ich je hatte", krächzte sie. „Diesmal haben wir sogar das misstrauische Katzenvieh übertölpelt."

„Weil du meine Augen und meine Stimme verändert hast", erwiderte zischelnd die Schlange.

„Gut, dass ich von der Heirat dieses Krähenschrecks erfahren habe", erklärte der Schatten. „Man sollte nicht glauben, dass eine Vogelscheuche und eine Puppe die berühmte Smaragdenstadt regieren. Aber wir werden ihnen die Suppe versalzen."

Lelia war nach ihrem ersten großen Erfolg friedlicher gestimmt. „Wollen wir nicht lieber hier bleiben, im Violetten Land? Wir sagen den Zwinkerern, dass wir ihren Herrscher besiegt haben und dass sie ab sofort uns gehorchen müssen. Diesen Schmied haben wir schon auf unserer Seite. Sie sollen uns ein neues Schloss bauen und uns von morgens bis abends bedienen."

„Bist du verrückt?", antwortete der Schatten. „Die Arbeit ist noch nicht einmal halb getan, der Löwe und der echte Scheuch werden ihren Freund suchen und die Leute gegen uns aufwiegeln. Nur wenn wir sie alle drei vernichten, können wir wieder im Violetten Land schalten und walten, wie es uns gefällt."

Die Freude der Schlange war nach diesen Worten etwas gedämpft, aber sie lenkte ein:

„Na gut, du bist älter und klüger als ich. Was sollen wir also tun?"

„Zunächst vergräbst du diesen roten Sägemehlbeutel, damit ihn niemand findet. Uns selbst nützt er ja nichts, denn was wollen Leute wie wir mit einem mitfühlenden Herzen?" Die Hexe kicherte höhnisch.

„Und warum zerstören wir das Herz nicht?", fragte die Schlange.

„Wer weiß, vielleicht kann es uns später als Beweis dienen, dass der Holzfäller besiegt ist", gab der Schatten zur Antwort.

Lelia fand eine kleine Höhle, die sie mit Steinen auslegte, damit der rote Stoff geschützt war. Sie packte andere Steine darüber und Erde, so dass die Stelle ganz natürlich aussah.

„Wieso kann ein Herz aus Seide und Sägemehl so viel Kraft und Güte geben?", fragte sie noch.

„Das wusste allein dieser Kerl mit seiner Axt", erwiderte der Schatten, „aber den können wir nun nicht mehr fragen. Jedenfalls hat er damit alle Zwinkerer auf seine Seite gezogen. Vielleicht ein Zauber."

Damit musste Lelia sich zufriedengeben. Der Schatten ließ ihr auch nicht viel Zeit, weiter nachzudenken.

„Jetzt mach dich wieder auf den Weg", befahl er. „Wenn du in Richtung der untergehenden Sonne läufst, erreichst du bald das Land der Steppen und Wälder. Dort triffst du irgendwann auf den Tapferen Löwen."

„Wie sieht er aus?", fragte die Schlange, die noch nie einen Löwen zu Gesicht bekommen hatte.

„Ungefähr wie die Katze Mia, nur ist er dreißigmal größer. Auch hat er ein gelbes Fell und eine gewaltige Mähne."

Nach dieser Beschreibung war er der Schlange sofort unsympathisch. Zugleich kamen ihr allerlei Bedenken.

„Wie soll ich mit dem Löwen fertig werden, wenn er so tapfer und so groß ist?“

„Versuch ihn erst einmal aufzuspüren, dann sehn wir weiter.“

Der Schatten verschwand und die Schlange dachte: Ich kann nur hoffen, dass der Löwe genauso gutgläubig ist wie der Eiserne Holzfäller. Sie kroch den Hügel hinab und dann in Richtung der untergehenden Sonne, so wie man es sie geheißen hatte.

Fünf Stunden später hatte Lelia das Ende des Violetten Landes erreicht, was man an einem großen lila Grenzstein sah. Gleich dahinter lag ein Tal. Auf einem schwarzen Schild stand in gelber Schrift:

WER DREI FRAGEN STELLT, BEKOMMT ANTWORT.
WER KEINE FRAGE STELLT, WIRD GEFRESSEN.

Im Zauberland konnten zwar alle Lebewesen sprechen, aber mit Schreiben und Lesen war es so eine Sache. Lelia jedenfalls hatte keine Ahnung davon. Sie betrachtete die sonderbaren Zeichen auf dem Schild, schüttelte den Kopf und setzte ihren Weg fort.

Sie kam zu einer Allee, deren Bäume rechts schwarz und links gelb waren. Auf den Bäumen saßen schwarze und gelbe Vögel mit krummen Schnäbeln.

Plötzlich sprang von einem gelben Baum ein gelbes Eichhörnchen. Es war zunächst klein, wuchs aber im Handumdrehen zur Größe eines Bären heran, so dass man es eher Eichhorn nennen musste. Es richtete sich drohend vor Lelia auf und sagte:

„Los, stell deine Fragen!“

Sofort sprang auch von einem der schwarzen Bäume ein Eichhörnchen. Es war kohlrabenschwarz und erlangte ebenfalls schnell Bärengröße. Sich neben dem gelben Eichhorn aufrichtend, verlangte es:

„Na frag schon!“ Dabei zeigte es ein paar scharfe weiße Zähne.

Die Schlange dachte: Was wollen die beiden von mir? Da sie jedoch ihren Auftrag im Kopf hatte, fragte sie:

„Könnt ihr mir erklären, wo ich den Tapferen Löwen finde?“

„Weiter“, sagte das gelbe Eichhorn.

„Weiter“, verlangte auch das schwarze Eichhorn.

„Nichts weiter. Ich muss zu dem Löwen.“

In den Augen der Tiere mit den Puschelschwänzen blitzte es.

„Hast du das Schild nicht gelesen?“, fragte das gelbe lauernd.

„Ich kann nicht lesen.“

Das schwarze hob die Pfoten zum Himmel:

„Immer das gleiche“, rief es, „in diesem Land müssen offenbar noch viele an ihrer Dummheit sterben!“

„Ich verstehe euch nicht“, sagte Lelia unruhig.

„Das ist das Tal der Fragen“, erklärte das gelbe Eichhorn und leckte sich die Lippen. „Wer nichts von uns wissen, also nichts lernen will, kommt nicht heil hier heraus. Du hättest dich zum Beispiel erkundigen können, weshalb die Bäume rechts von dir schwarz und die links von dir gelb sind.“

„Oder weshalb ich schwarz bin, mein Gefährte aber gelb ist“, fügte das andere Eichhorn hinzu.

„Und weshalb ist das so?“

„Schwarz ist die Farbe des Todes, gelb die der Klugheit. Und nun bereite dich auf dein Ende vor.“

„Einen Augenblick“, erwiderte die Schlange, „so einfach geht das nicht. Immerhin hab ich euch eine Frage gestellt, auf die ich eine Antwort haben will. Oder wisst ihr etwa nichts von dem Löwen?“

„Wir wissen sehr wohl, dass ihn die Tiere vor vielen Jahren zu ihrem König gewählt haben“, erklärte das schwarze Eichhorn etwas beleidigt. „Im Augenblick hält er sich nicht weit von hier bei seinen Lieblingsfelsen auf. Gleich hinter diesem Berg.“

„Ich will mit ihm reden“, verlangte Lelia.

„Das ist absolut unmöglich“, sagte das gelbe Eichhorn. „Wegen deiner Frage können wir dir höchstens einen kleinen Aufschub gewähren, damit du dich innerlich darauf vorbereitest, gefressen zu werden.“

„Dann soll es wohl an dem sein“, murmelte die Schlange. Aber sie tat nur so, als wollte sie sich in ihr Schicksal fügen, denn sie hatte zwischen den gelben Bäumen eine Erdspalte entdeckt. Mit einer blitzartigen Bewegung schnellte sie auf dieses Loch zu. Zwar erkannten die beiden Eichhörner den Plan und stürzten sich auf sie, doch mit knapper Not entkam Lelia ihren Krallen. Nur die Schwanzspitze musste sie den Angreifern überlassen.

„Ihr haltet euch für gescheit, aber ich bin schlauer.“ Sie glitt tiefer in den Spalt hinein, der mitten durch den Berg führte.

IM REICH DES TAPFEREN LÖWEN

An diesem Tag hatte der Löwe einige wichtige Probleme zu klären. Zusammen mit zwei seiner Minister, einem Elefanten und einem Hasen, hatte er an einem Abhang Platz genommen, um Recht zu sprechen. Es gab einen Streit zwischen Affen und Giraffen. Von alters her war festgelegt, dass die Affen die Zweige oben an den Bäumen, die Giraffen die Blätter weiter unten abweiden sollten. Die Affen aber hielten sich in letzter Zeit nicht daran, fraßen das Grün oben oder unten, wie es ihnen gerade in den Sinn kam. Deshalb legten die Giraffen Beschwerde ein. Vor allem ihre Kinder wurden nicht mehr richtig satt.

Die Affen hielten dagegen. Die Kokosnüsse wären in diesem Frühjahr verdorrt, die Bananen durch Hagel vernichtet worden.

„Wir hatten keine andere Möglichkeit", erklärten sie.

„Wir haben einen Vorrat an Kokosnüssen eingelagert", sagte der Löwe. „Ihr hättet längst einen Antrag stellen können."

„Allerdings hättet ihr die Reserven im nächsten Jahr wieder auffrischen müssen", ergänzte der Hase.

„Ihr habt es euch ziemlich einfach gemacht", tadelte der Elefant.

Die Affen schwiegen beschämt.

„Auf jeden Fall verlangen wir eine Entschädigung", beharrten die Giraffen. „Eine Tonne bester Zweige."

Das war sehr viel, und die Affen kreischten vor Empörung. Der Löwe konnte sie nur durch ein kurzes gewaltiges Brüllen zur Ruhe bringen. Dann verkündete er sein Urteil:

„Die Affen erhalten eine Tonne Kokosnüsse aus unseren Vorratshöhlen, die sie bei der nächsten guten Ernte ersetzen. Für den Schaden, den sie den jungen Giraffen zugefügt haben, liefern sie ihnen eine halbe Tonne Zweige."

Der Elefant und der Hase nickten zustimmend, sie fanden die Entscheidung gerecht.

Auch die Giraffen gaben sich mit diesem Richterspruch zufrieden. Die Affen freilich murrten etwas. Aber Urteil ist Urteil. Sie hätten zwar beim Obersten Kakadu Berufung einlegen können, ahnten jedoch, dass ihnen das in diesem Fall nicht viel bringen würde.

Lelia war nach einem beschwerlichen Weg durch Spalten und Höhlen etwas oberhalb der Stelle herausgekommen, an welcher der Löwe Platz genommen hatte. Und zwar genau in jenem Augenblick, als er sein kurzes, doch lautstarkes Gebrüll ausstieß. Sie war mächtig beeindruckt. Da muss ich mich wirklich sehr vorsehen, dachte sie.

Nach den Giraffen führten drei Bergziegen Klage gegen einen Leoparden und auch zwei Hirsche waren aneinandergeraten. Die Schlange hörte sich alles an und wartete ab. Irgendwann wird Bastindas Schatten auftauchen, sagte sie sich.

Doch der Geist der Hexe hatte es nicht eilig. Die Ziegen waren zufrieden davongesprungen, die Hirsche hatten sich versöhnt und über eine Hecke davongemacht. Schließlich war der letzte Fall entschieden, die beiden Minister kehrten erschöpft in ihre Unterkünfte zurück.

Auch der Löwe war müde. Er gähnte laut, schüttelte die Mähne und legte sich vor seinen Felsen in den Sand.

Das ist eine Gelegenheit, ihn anzusprechen, dachte Lelia. Sie verließ ihren Spalt und kroch im Bogen auf den Löwen zu. Sie wollte sehen, wie weit sie an ihn herankam, ohne dass er sie bemerkte, und war sehr zufrieden, weil er ihr den Kopf erst zuwandte, als sie fast neben ihm war. Doch er sagte nur:

„Du kommst aus dem Berg? Warst im Tal der Fragen?“

Er hatte sie also schon lange entdeckt. Ohne sich ihren Ärger anmerken zu lassen, erwiderte Lelia:

„Ja, doch man hat mich nicht gerade freundlich empfangen.“

„Diese Eichhörner sind ungehobelte Burschen“, bestätigte der Löwe. „Aber wenn man keine Angst zeigt ...“

Der Schlange kam ein Gedanke.

„Ich hatte große Angst“, ihr Ton wirkte kläglich.

„Weshalb?“ Der Löwe wurde aufmerksam.

„Weil sie so groß und so wild waren.“ Lelia tat, als zögere sie, dann fügte sie hinzu: „Ich bin leider von Natur aus feige. Man nennt mich die Feige Schlange.“

„Feigheit, das Gefühl kenne ich“, bestätigte der Löwe. „Vor langer Zeit war ich wie du.“

„Weil man mir deine Geschichte erzählt hat, bin ich ja von den Bergen hierher gekommen. Ich hoffte ... na ja, ich wage es gar nicht auszusprechen.“

„Red ruhig weiter. Niemand wird dir dafür den Kopf abbeißen.“

„Ich habe gehofft, du würdest mir etwas von deinem Mut abgeben“, vollendete Lelia ihren Satz.

Der Löwe schüttelte die Mähne.

„Das ist leider unmöglich. Der Große Goodwin hat mir damals einen Zaubertrank gegeben. Seither erschreckt mich nichts mehr.“

„Ich wusste es“, seufzte Lelia, „ich muss auf ewig eine feige Schlange bleiben.“

„Es sei denn, du findest jemanden, der dir einen solchen Trank bereitet“, erwiderte der Löwe. „Ich hab noch heute den Geruch in der Nase und den Geschmack auf der Zunge. Er roch sauer und schmeckte bitter ... Aber jetzt musst du mich entschuldigen, ich trolle mich in meine Höhle. Der Tag war sehr anstrengend.“

„Natürlich“, sagte Lelia, „ich werde mir hier ein Plätzchen suchen. Und verzeih, dass ich dich belästigt habe. Aber nun weiß ich wenigstens, was ich brauche, um tapfer zu werden. Vielleicht findet sich irgendeine Fee, die ich um einen solchen Trank bitten kann.“

Kaum war der Tapfere Löwe außer Sichtweite, zeigte sich der Schatten.

„Was willst du mit so einem Getränk?“, fragte er. „Mir reicht's, wenn einer mutig ist.“

„Vielleicht können wir dem Löwen den Mut nicht wegzaubern“, entgegnete die Schlange, „aber bestimmt finden wir ein Gift, um ihn so zu schwächen, dass er uns nicht mehr im Wege steht.“

Die Hexe begriff.

„Du lernst schnell, Lelia“, krächzte sie, „alle Achtung. Wenn du so weitermachst, wirst du eines Tages genauso listig und hinterhältig sein wie ich.“

Zwei Tage und Nächte verbrachte die Schlange damit, Spinnen, Blutegel und Kröten zu fangen. Daraus kochte sie nach Anleitung des Schattens einen Sud, der sauer roch und bitter schmeckte. Als das scheußliche Gebräu fertig war, spuckte Bastinda dreimal hinein, dann krächzte sie:

„Kelli, krelli, Schlangenblut,
Nimm dem Löwen allen Mut!“

Bei dem Wort Schlangenblut zuckte Lelia zusammen, sagte aber nichts. Vorsichtig kostete sie mit der Zungenspitze von dem Trank und murmelte:

„Pfui!“

„Damit werden wir es schaffen“, sagte die Hexe zufrieden.

„Ist das ein Feigheitstrank?“, fragte Lelia.

„Ein Gebräu gegen das Leben und gegen den Mut, du wirst schon sehen. Du musst diese Raubkatze nur dazu bringen, ein paar Schlucke zu schlürfen.“

Die Schlange füllte das Getränk in eine Flasche und machte sich auf den Weg zum Löwen, der diesmal vor seiner Höhle lagerte.

„Es kommt mir vor, als hättest du tatsächlich deine Fee gefunden“, begrüßte er sie. „Ist es etwa die freundliche Stella aus dem Rosa Reich?“

„Nicht Stella, sondern Bas ... Basuka“, erwiderte die Schlange, die sich beinahe verraten hätte.

„So? Ich habe noch nie etwas von einer Basuka gehört. Wo wohnt sie denn?“

„Jenseits der Wälder. Aber ich weiß nicht recht, ob ich ihr trauen kann. Ich habe Angst, das da zu trinken. Vielleicht bin ich hinterher noch furchtsamer.“

„Na, na“, ermunterte der Löwe sie gutmütig, „nur nicht von vornherein verzagen. Damals, als ich meinen Trunk nahm, fiel es mir auch schwer.“

„Du kennst doch den Geruch und den Geschmack“, säuselte Lelia. „Vielleicht könntest du ein paar Schlucke nehmen und mir sagen, ob es wirklich das Richtige ist?“

„Eigentlich reicht mir der Mut, den ich habe.“

„Wenn du nicht kostest, trau ich mich erst recht nicht“, jammerte die Schlange.

„Gib schon her, du scheinst wirklich noch feiger zu sein, als ich es damals war.“ Der Löwe nahm die Flasche und setzte sie ans Maul.

„Es riecht sauer, es schmeckt furchtbar bitter, es ist vielleicht noch stärker als Goodwins Trank“, erklärte er dann.

„Spürst du denn schon etwas?“ Lelia nahm die Flasche nicht zurück.

„Ich ...“, der Löwe brach mitten im Satz ab und begann zu taumeln.

„Was ist das?“ Er ließ sich auf den Bauch fallen. „Mir wird übel, ich sehe nichts mehr.“

Die offene Flasche lag am Boden. Die Schlange packte sie und schüttete dem Vierbeiner blitzschnell einen Teil des Inhalts ins halboffene Maul. Mit einem letzten abwehrenden Tatzenschlag fegte der Löwe sie zur Seite, so dass sie sich dreimal überschlug. Der Rest des Getränks versickerte im Sand.

Lelia rappelte sich ächzend auf. Der Löwe lag ein paar Meter entfernt reglos da. Sie näherte sich ihm vorsichtig und zischte erleichtert, als sie merkte, dass er ihr nichts mehr anhaben konnte. Mit ihrer schmalen Zunge leckte sie sich eine tiefe Wunde am Leib.

Der Schatten flimmerte neben ihr auf.

„Wirklich gut, du hast es geschafft", krächzte die Hexe.

„Fast hätte er mich in letzter Sekunde noch umgebracht", murrte Lelia.

„Ein würdiger Gegner, das muss man zugeben. Aber du wirst es überstehen."

„Ist er tot?", fragte die Schlange.

„Nur ohnmächtig und gelähmt", erwiderte die Hexe. „Wir lassen ihn einfach hier liegen, denn der Trank ist so zubereitet, dass unser Freund viele Tage nicht zu sich kommen wird. Vielleicht finden ihn die anderen Tiere und begraben ihn sogar." Sie kicherte.

„Und wenn nicht?", fragte Lelia. „Er wird sich bestimmt an mir rächen wollen."

„Erstens wird ihm der Mut dazu fehlen, zweitens müssen wir ja nur noch den Scheuch um sein Gehirn bringen. Dann sind wir so mächtig, dass alle im Zauberland vor uns kuschen werden. Vielleicht machen wir am Ende dich zur Königin der Tiere und du verurteilst den Löwen zu lebenslanger Sklavenarbeit. Wie findest du das?"

„Großartig. Ich wäre übrigens eine schöne Königin", die Schlange wiegte ihren glitzernden Leib.

„Dann lass uns nicht lange zögern", schnarrte der Schatten. „Nicht weit von hier befindet sich ein Fluss, danach kommt der Gelbe Backsteinweg und wenn du den entlangkriechst, bist du schon bald in der Smaragdenstadt. Ich denke, dort sehen wir uns wieder."

EIN HINTERHÄLTIGER ANGRIFF

Der Storch Klapp saß auf dem First einer alten Scheune und erzählte seinen Kindern von seinen großen Taten. Noch gar nicht lange war es her, da hatten der Weise Scheuch und seine Freunde der Seekönigin vom Muschelmeer im Kampf gegen ein grässliches Ungeheuer geholfen, das Seemonster. Der Storch aber hatte einen Delphin aus gefährlicher Lage befreit und den Hilferuf der Königin in die Smaragdenstadt übermittelt.

„Wäre ich nicht mitten in die Festveranstaltung geplatzt und mutig einfach zum Thron geflogen“, brüstete er sich, „hätte man überhaupt keine Notiz von mir genommen.“

„Das hast du uns schon zum zehnten Mal erzählt, Papa“, erwiderte Klipp, der jüngste Sohn. „Und auch, wie du von Prinzessin Betty und den anderen gelobt wurdest.“

„Sei nicht so vorlaut, das könnt ihr nicht oft genug hören. Schließlich sollt ihr einmal in die Fußstapfen eurer Eltern treten.“

Die jungen Störche klapperten gelangweilt mit den Schnäbeln, und einer schickte sich sogar zu einem kurzen Rundflug an. Da rief Klipp auf einmal:

„Papa, da unten kriecht eine Schlange!“

„Wo?“, fragte Klapp aufgestört.

„Na dort, direkt am Ufer.“

Klapp schaute nach unten. Kleine Schlangen waren ihm immer als Bereicherung der Speisekarte willkommen, aber diese da war lang, armdick und gleißte wie Silber. Zum Fressen jedenfalls war sie viel zu groß.

„Ich hab noch nie eine Schlange mit blauem Kopf gesehen“, klapperte Klipp.

„Du hast vieles noch nicht gesehen.“ Klapp, obwohl selber erstaunt, tat überlegen. Dann hob er sich aber unvermutet in die Luft und glitt elegant zum Ufer hinab.

In zwei Metern Entfernung setzte er sich vorsichtig auf einen Stein und schaute Lelia an.

„Bin ich hier richtig auf dem Weg zur Smaragdenstadt?“, fragte die Schlange.

„So ungefähr“, erwiderte Klapp. „Was willst du dort? Um Hilfe bitten?“

„Ich weiß nicht genau. Ich bin nicht gerade die Schlaueste.“

In dieser Art hatte noch niemand zu dem Storch gesprochen. Vor Staunen stand ihm der Schnabel offen.

„Du musst doch wissen, was du in unserer Hauptstadt willst“, beharrte er.

„Ich habe gehört, dass dort ein weiser Herrscher lebt. Vielleicht gibt er mir etwas von seinem Verstand ab“, murmelte Lelia.

„Du scheinst wirklich dumm zu sein“, erwiderte Klapp. „Niemand kann etwas von seinem Verstand abgeben. Wenn man klüger werden will, muss man sich anstrengen und lernen. Das sage ich meinen Söhnen jeden Tag. Im übrigen kenne ich den Scheuch sehr gut. Ich bin gewissermaßen sein Freund.“

Die Schlange merkte auf.

„Wenn du sein Freund bist, weißt du bestimmt etwas über die Gewohnheiten des Weisen Scheuch. Ich will ja von ihm lernen. Aber wie kann ich mich ihm am besten nähern?“

„Du musst dich an seinen Minister, Din Gior, wenden und um eine Audienz bitten“, erklärte der Storch. „Der Weise Scheuch hat nämlich sehr viel mit dem Regieren zu tun. Aber weil du es anscheinend nötig hast, will ich dir noch einen Tip geben. Jeden Tag nach dem Mittagessen geht unser Herrscher im Park spazieren. Er setzt sich dann auf eine Bank an einem kleinen Teich, um auszuruhen. Manchmal fliege ich hin und gebe ihm bei dieser Gelegenheit einen Rat in Staatsangelegenheiten. Am Teich ist man nämlich ungestört. Vielleicht versuchst du es einfach dort.“

Klapp hatte den Scheuch zwar nur ein einziges Mal an diesem Ort getroffen, und das rein zufällig, aber gegenüber dieser einfältigen Schlange glaubte er besonders dick auftragen zu können.

„Oh, das ist ein wertvoller Hinweis“, erwiderte Lelia und ihre Bernsteinaugen funkelten. „Vielen vielen Dank.“

„Nichts zu danken“, sagte der Storch und flog ins Nest zurück, um seinen Söhnen von diesem dummen Kriechtier zu berichten. Den Tip mit dem Teich verschwieg er allerdings. Ihm war nicht wohl bei dem Gedanken, etwas verraten zu haben, was nicht jeder Hergelaufene wissen musste.

Die Schlange durchschwamm den Fluss, gelangte zum Gelben Backsteinweg und sah bald die Smaragdenstadt vor sich. Mit ihren grünen und weißen Häusern, mit dem Schloss, an dessen Turmspitzen Edelsteine glitzerten, bot sie einen prächtigen Anblick. Lelia näherte sich dem Tor, dachte aber gar nicht daran, den Torwächter Faramant um Einlass zu bitten. Sie hatte auch keinerlei Interesse, beim Minister Din Gior um eine Audienz nachzusuchen, sondern kroch seitlich unter der Mauer hindurch. Für sie war es kein Problem, ein Rattenloch zu finden und einen Gang, durch den sie sich zwängen konnte.

Ihren Hunger stillte Lelia, indem sie zwei wohlgenährte Mäuse fing, die hier unten nicht mit ihr gerechnet hatten. Ihr Orientierungssinn führte sie zur Mitte der Stadt, wo sie den Schlosspark vermutete. Tatsächlich gelangte sie auch bei einem herrlichen Rosenbusch an die Oberfläche, der zum Park gehörte. Nicht weit entfernt schimmerte bläulich der Teich.

Satt und von den Strapazen des langen Weges müde, beschloss sie, zunächst ein Schläfchen zu machen. Sie schlummerte unter dem Strauch ein und wurde erst wieder wach, als etwas vor ihren Nasenlöchern herumflimmerte. Es war Bastindas Schatten.

„Du schläfst und schläfst“, sagte die Hexe, „man hat ja richtig Mühe, dich wachzukriegen.“

Lelia reckte sich.

„Das tat gut. Ich habe mich wunderbar ausgeruht."

„Ich dagegen schlafe nie. Seitdem ich nur noch ein Geist bin, muss ich ruhelos umherflirren. Na, Schwamm drüber. Hauptsache, ich bekomme meine Rache."

„Es müsste bald geschafft sein, ich habe mich am Fluss mit einem dummen Vogel unterhalten. Er hat mir alles verraten, was wir wissen müssen."

„Dieser Scheuch hat weder die Kraft des Löwen noch die Festigkeit des Holzfällers", stimmte der Schatten zu. „Du kannst ihn überwältigen, ohne dass es besonderer Tricks bedarf."

„Und was soll ich mit ihm machen?"

„Du nimmst ihm das Gehirn weg, das er von Goodwin bekommen hat."

„Wer war dieser Große Goodwin eigentlich?", fragte Lelia noch.

„Man weiß es nicht genau. Ich war seinerzeit nur einmal in der Smaragdenstadt, hab ihn aber nicht zu sehen gekriegt, weil er sich in seinem Schloss verborgen hielt. Die einen meinen, er sei ein gewaltiger Zauberer gewesen, die anderen sprechen von einem Scharlatan und Betrüger."

„Wenn er so gute Dinge verschenkt hat, muss er schon einiges vom Zaubern verstanden haben", meinte die Schlange.

„Jedenfalls konnte er mehr als der Scheuch", erwiderte Bastindas Schatten. „Übrigens erzählen die Leute, dass kürzlich eine neue Fee aufgetaucht sein soll, eine Enkelin von diesem Goodwin. Die könnte uns gefährlich werden. Schon deshalb musst du die Strohpuppe schnell entmachten."

„Ich werde mein Möglichstes tun", versprach Lelia.

Um die Mittagszeit kroch sie zum Teich. Die Bank befand sich neben einem Weidengebüsch und so konnte sich Lelia gut verstecken. Sie wusste freilich nicht, dass der Scheuch in letzter Zeit meist mit seiner Frau Betty Strubbelhaar und dem Mädchen Jessica hierherkam, von der die Hexe soeben gesprochen hatte.

Goodwins Enkelin war vor einer Woche eingetroffen, um die Smaragdenstadt kennenzulernen. Nach den Abenteuern im Muschelmeer hatte sie sich zuerst beim Eisernen Holzfäller, dann bei dem Tapferen Löwen und zuletzt im Land der Käuer aufgehalten. Inzwischen war sie eine gute Freundin von Prinzessin Betty geworden und im Schloss fast wie zu Hause.

Tatsächlich kamen die drei nach einer Weile durch den Park geschlendert. Sie unterhielten sich angeregt über ein Sportfest, das demnächst stattfinden sollte.

Was soll ich tun, überlegte die Schlange, die gehofft hatte, den Scheuch allein zu treffen. Alle drei angreifen? Ich würde mit ihnen fertig werden, das ist klar, aber dem Schatten wäre es bestimmt nicht recht, denn wir würden zu viel Aufsehen erregen.

Sie beschloss abzuwarten und zu ihrer Freude gingen das Mädchen und die Puppe als erste ins Schloss zurück. Jetzt greif ich ihn mir, sagte sich Lelia und wollte nach vorn schießen. Doch genau in diesem Augenblick setzte sich ihr eine Amsel vor die Nase.

„Eine Schlange? Was will die denn bei uns?“, fragte sie.

„Das geht dich nichts an, scher dich weg.“

„Von wegen wegscheren, die Stelle hier gehört zu meinen Lieblingsplätzen. Da solltest eher du verschwinden."

Der Scheuch wurde aufmerksam.

„Was ist da los?", fragte er.

Die Schlange kam aus dem Gebüsch gekrochen.

„Diese dumme Amsel hätte sich mir beinahe auf den Kopf gesetzt", behauptete sie.

„Und weshalb versteckst du dich in diesem Gebüsch?", wollte der Scheuch wissen.

„Ich ... ich habe mich nicht versteckt, sondern nur geschlafen."

Der Scheuch kratzte sich den Kopf.

„Zwar ist jedermann in unserem Park willkommen, der gute Absichten hegt, aber ich finde es nicht anständig, sich gerade diesen Platz zum Schlafen auszusuchen. Man könnte denken, du wolltest meine Gespräche belauschen. Wer bist du überhaupt?"

„Ich wollte dich nicht belauschen, ich bin eingeschlafen", beteuerte Lelia. „Ich ahnte nicht, dass du an diesem Ort ausruhst. Ich bin ein bisschen einfältig. Deshalb bin ich übrigens hier."

„Du und einfältig?", sagte der Scheuch zweifelnd. „So siehst du mir nicht aus. Wo kommst du eigentlich her?"

„Aus den Weltumspannenden Bergen."

„Das ist nicht gerade in der Nähe. Eine Schlange wie du war noch nie in der Smaragdenstadt. Immerhin hast du den Weg bis in den Park gefunden."

„Sie hat nicht geschlafen, sie hatte irgendwas vor", mischte sich die Amsel ein.

Lelia konnte nur mit Mühe ein wütendes Zischen unterdrücken.

„Unsinn", murrte sie.

„Und was willst du bei uns?", fragte der Scheuch.

„Ich möchte die Smaragdenstadt kennenlernen und freue mich sehr, den berühmten Scheuch getroffen zu haben."

„Na gut", sagte der Scheuch, „ich habe jetzt allerdings keine Zeit mehr. Falls du etwas von mir willst, komm morgen Vormittag ins Schloss. Im übrigen bitte ich dich nur, in Zukunft nicht gerade hier zu schlafen."

Damit wandte er Lelia den Rücken zu und auch die Amsel flog mit einem unzufriedenen „Tüt-tatüt" davon.

Der Scheuch entfernte sich ruhigen Schrittes, in der Annahme, die Schlange würde sich einfach zurückziehen und ihren Angelegenheiten nachgehen. Deshalb kam Lelias Angriff völlig überraschend für ihn. Von hinten fiel sie ihn blitzschnell an, warf ihn zu Boden und umschlang ihn mit ihrem Körper, so dass er sich nicht mehr bewegen konnte.

Sie wird mich umbringen, schoss es dem Scheuch noch durch den Kopf, dann verlor er das Bewusstsein. Lelia riss ihm den Schopf auseinander und schnappte sich sein Gehirn – ein Säckchen, gefüllt mit Kleie und Nadeln. Vor Freude stieß sie ein scharfes triumphierendes Pfeifen aus.

Sofort flirrte der Schatten herbei, führte zwischen den Büschen und Bäumen einen wahren Hexentanz auf.

„Es ist geschafft, es ist vollbracht,
Nun kann ich jubeln nach langer Nacht!“,

sang Bastinda.

„Was soll mit der Strohpuppe geschehen“, fragte Lelia, als die beiden sich etwas beruhigt hatten, „lassen wir sie einfach liegen?“

„Wirf sie ins Wasser!“, befahl die Hexe. „Sollen die Leute ruhig denken, der Scheuch sei ertrunken. Hauptsache, wir haben sein Gehirn. Und jetzt nichts wie weg hier.“

Zweiter Teil
Auf der Suche nach den Freunden

DER SCHEUCH WIRD GEFUNDEN

Din Gior, der Erste Minister der Smaragdenstadt, streichelte ungeduldig seinen prachtvollen weißen Bart. Seit einer halben Stunde wartete er auf den Weisen Scheuch, denn sie wollten gemeinsam zum Fluss fahren, wo ein Schiff gebaut wurde. Nach den Abenteuern im Muschelmeer, das der Scheuch und seine Freunde nur mit Hilfe einer alten Schaluppe erreicht hatten, war der Plan gefasst worden, eine kleine Flotte zu schaffen. Verschiedene Konstrukteure waren damit beauftragt worden und heute sollten die ersten Ergebnisse besichtigt werden.

Doch der Herrscher ließ sich nicht blicken. Aufgeregt ging Din Gior endlich zu Prinzessin Betty. Es war einfach nicht denkbar, dass der Scheuch eine so wichtige Verabredung vergessen hatte.

Betty Strubbelhaar hielt sich mit Jessica im Turmzimmer auf. Die beiden sahen sich einige Entwürfe für die Kleidung an, die beim kommenden Sportfest getragen werden sollte. Als Din Gior nach dem Scheuch fragte, zuckte Betty nur die Schultern.

„Vorhin waren wir noch gemeinsam im Park. Vielleicht ist er von einem Besucher aufgehalten worden."

„Aber wir wollten wegen der neuen Schiffe zum Fluss", wandte Din Gior ein. „Diesen Termin hatte unser Herrscher rot im Kalender angestrichen."

Die Prinzessin ging zum Fenster und schaute nach unten. Von hier aus konnte man den ganzen Park überblicken.

„Ich kann meinen Mann nirgendwo entdecken", sagte sie. „Wahrscheinlich ist er längst wieder im Haus."

Auch Jessica war ans Fenster getreten. Während Betty sich bereits erneut den Entwürfen auf dem Tisch zuwandte, ließ sie den Blick über den Teich gleiten. Plötzlich rief sie:

„Auf dem Wasser treibt etwas. Es sieht aus wie die samtene Jacke des Scheuchs."

„Du bist nicht ganz bei Trost", erwiderte die Prinzessin. „Glaubst du, er wirft die Jacke ins Wasser, die er so sehr liebt? Womöglich behauptest du noch, er sei selber schwimmen gegangen."

„Aber da treibt auch einer seiner Stiefel", fügte Jessica erstaunt hinzu.

Nun hielt es Din Gior nicht mehr an der Tür, wo er höflich stehengeblieben war, er eilte selbst zum Fenster. Prinzessin Betty dagegen griff beunruhigt in eine Schublade und holte ein kleines Opernglas hervor. Angespannt starrten alle drei zum Teich hinüber.

„Das ...", stammelte Betty nach einigen Sekunden, „das kann ich nicht glauben ... Was ist da geschehen? Das sieht nach einem schrecklichen Unfall aus."

Sie legte das Glas weg und stürzte aus dem Zimmer. Die anderen beiden, denen gleichfalls Schlimmes schwante, folgten ihr eilig.

Jessica konnte am schnellsten laufen und war zuerst am Wasser. In Windeseile zog sie ihr Kleid aus. Was da in der Mitte des Weihers trieb, war ohne Zweifel der Weise Scheuch selbst.

Das Mädchen watete ins Nass und begann schließlich zu schwimmen. Als Betty Strubbelhaar und endlich auch der Erste Minister am Ufer ankamen, war sie schon auf dem Rückweg. Sie hatte die Strohpuppe mit der Hand unterm Kinn gefasst und zog sie hinter sich her.

„Um Himmels willen, was ist passiert!“, rief Betty und trat, ihre schönen Lackstiefel nicht schonend, selbst ein paar Schritte ins Wasser.

„Ich weiß nicht. Der Scheuch atmet nicht mehr. Er hat eine große Wunde am Kopf“, erwiderte Jessica.

Sie brachten die Strohpuppe ans Ufer und legten sie ins Gras.

Jessica wollte eine Mund-zu-Mund-Beatmung versuchen, wie sie es in einem Rettungskurs in ihrer Schule gelernt hatte, doch sie fand den Mund des Scheuchs nicht. Die Wellen hatten ihm, bis aufs linke Auge, das ganze Gesicht blank gewaschen.

Betty brach in Tränen aus, als sie ihren Mann in diesem Zustand sah und auch Jessica begann zu weinen. Din Giors Miene dagegen war bitter und hart.

„Jemand muss unseren arglosen Herrscher hinterrücks überfallen und schwer verletzt haben. So ein Verbrechen ist in unserer Stadt seit vielen Jahren nicht mehr geschehen. Bei meinem langen Bart, der Bösewicht soll mir nicht in die Finger geraten."

Ein Vogel kam angeflattert. Es war Tütü, die Amsel, die sich noch kurz zuvor genau an dieser Stelle mit dem Scheuch und Lelia unterhalten hatte.

„Das ist ja entsetzlich", rief sie. „Unser armer Herrscher! Was ist ihm bloß zugestoßen? Aber ich kann mir schon denken, wer daran schuld ist. Ich habe dieser hinterhältigen Schlange von Anfang an nicht getraut."

„Welcher Schlange denn?", fragten Din Gior und Betty Strubbelhaar gleichzeitig.

Die Amsel berichtete von ihrem Streit mit Lelia.

„Leider bin ich nicht länger bei den beiden geblieben", sagte sie, „aber wer konnte denn auch so etwas ahnen? So ein Unglück. Jetzt bleibt mir wohl nichts anderes, als zum Schloss zu fliegen und einen Arzt zu holen."

„Ja", rief Betty, „der Doktor soll alles stehen und liegen lassen. Erkläre ihm, dass es um jede Sekunde geht."

Die Amsel nickte und flog los.

„Sag ihm, er soll unbedingt Pinsel und Farben mitbringen", rief ihr Jessica hinterher. Sie erinnerte sich genau an Ellis Geschichte. Seinerzeit hatte sie dem Scheuch mit ihrem Farbkasten das Gesicht zurückgegeben, als er ins Wasser gefallen war.

Kurz darauf kam der Doktor mit seinem Köfferchen an. Auch zwei Krankenpfleger eilten herbei, die eine Trage bei sich hatten.

Zunächst musste die Wunde am Kopf genäht werden, aus dem die Schlange das Gehirn des Scheuchs gestohlen hatte, was allerdings hier noch niemand wusste. Der Arzt nahm lediglich an, seinem Herrscher sei im Wasser etwas Stroh aus dem Haupt gefallen. Deshalb riss er schnell zwei Hände voll Gras aus und füllte das Loch damit. Dann schloss er die Schädeldecke mit feinen Stichen.

Der Scheuch lag noch immer reglos da. Er sah blass aus und schien nur mit dem einen übrig gebliebenen Auge zu blinzeln. Jessica sagte:

„Schnell, Pinsel und Farben, Doktor. Hat es dir die Amsel nicht ausgerichtet?“

Der Arzt, der ja seinen Beruf nicht irgendwo, sondern in der Smaragdenstadt erlernt hatte, war fast beleidigt.

„Glaubst du, ein Vogel und ein kleines Mädchen müssen mir die Kunst des Heilens beibringen? Pinsel und Farben gehören zu meinen wichtigsten Instrumenten!“ Nach diesen Worten nahm er beides aus seinem Koffer und machte sich ans Werk. Er zog zunächst das linke Auge nach und sofort blinzelte der Scheuch stärker. Er malte das rechte Auge und die Strohpuppe schlug die Augen auf. Er malte die Nase – der Patient begann zu atmen. Er zeichnete den Mund ...

„Was ist los?“, fragte der Scheuch. „Wer seid ihr? Wo ist mein Feld?“

„Liebster, du sprichst, du bist am Leben“, rief Betty Strubbelhaar. Sie kniete sich neben ihren Mann ins Gras und schloss ihn in die Arme.

Der Scheuch machte sich von ihr frei und richtete sich langsam auf. Er befühlte seine nassen Kleider, dann tastete er den Kopf ab.

„Ich bin nass und mir tut der Kopf weh“, stellte er fest.

„Das ist kein Wunder, mein Herrscher“, sagte Din Gior. „Jemand hat dich offenbar hinterrücks niedergeschlagen und versucht, dich zu ertränken.“

Der Scheuch schien sich nicht zu erinnern.

„So? Meinst du wirklich? Kann schon sein, dass es so war, denn mir ist furchtbar schlecht. Aber wer bist du überhaupt und wer sind die andern? Wo bin ich hier? Wo sind mein Feld und meine Stange?“

Betty war über diese Worte am meisten erschrocken.

„Aber du bist hier, in unserem Schlosspark“, rief sie, „an deinem Lieblingsplatz. Erkennst du uns denn nicht? Das ist doch dein treuer Berater Din Gior. Und ich bin Betty, deine Frau.“

Der Scheuch rieb sich den Kopf.

„Berater? Frau? Park? Mag sein, irgendwas ist vorgefallen. Allerdings habe ich jetzt keine Zeit, darüber nachzudenken. Ich muss auf meinen Pfahl, um die Krähen zu verscheuchen.“

Dieses Gerede machte Betty ganz unglücklich und auch der Arzt zog eine bedenkliche Miene.

„Er scheint ein ausgeprägtes ‚Vergiss-fast-alles-Syndrom‘ zu haben, er erinnert sich offenbar nur noch an die Zeit, als er eine Vogelscheuche war“, erklärte er. „Ein ungewöhnlich komplizierter Fall.“

„Aber was sollen wir da bloß machen? Wird er sein Gedächtnis wiederfinden?“, fragte Betty.

„Wir können es nur hoffen. Ich glaube, er braucht jetzt erst einmal Ruhe.“

Jessica, die eine Weile geschwiegen hatte, sagte:
„Er hat doch diese Wunde am Hinterkopf. Vielleicht ist ihm etwas von dem wertvollen Gehirn abhanden gekommen, das ihm einst mein Großvater gegeben hat."

Der Doktor wollte nicht eingestehen, dass er das Loch im Kopf einfach mit Gras gefüllt hatte, und wehrte ab.

„Ach was, davon verstehst du nichts. Das richtet sich wieder ein. Wir bringen unseren Herrscher jetzt am besten ins Schloss zurück, trocknen seine Kleider und lassen ihn ausruhen. Danach sehn wir weiter."

Die Krankenpfleger legten den Scheuch, der sehr schwach war und nur noch leise nach seiner Stange verlangte, auf ihre Trage und ab ging's ins Schloss. In gedrückter Stimmung folgten die anderen. Obwohl sie sich freuten, dass ihr Herrscher am Leben war, machten sie sich große Sorgen um seine Zukunft und seinen geistigen Zustand.

ZWEI BOTEN TREFFEN EIN

Der Scheuch brauchte mehrere Tage, um sich einigermaßen von seinen Verletzungen zu erholen. Da Prinzessin Betty ebenso wie Jessica und Din Gior jede Gelegenheit nutzten, ihm zu erklären, wer er gewesen war und welche Rolle er in der Smaragdenstadt gespielt hatte, kam er nach und nach von der Idee ab, auf irgendein Feld zu seiner Stange zu laufen und dort die Krähen zu verjagen. Wie ein Kind musste er alles Mögliche neu lernen und es wäre falsch, zu behaupten, dass er schnell begriff. Manchmal kam die Amsel Tütü vorbei, um Neuigkeiten über die Schlange zu berichten. So hatte sie von Klapp, dem Storch, gehört, dass die Gelbäugige sich bei ihm nach dem Weisen Scheuch und seiner Klugheit erkundigt hatte.

„Klapp hat die Schlange an Din Gior verwiesen, wie er sagt, aber er ist geschwätzig. Vielleicht hat er ihr außerdem den Lieblingsplatz des Scheuchs im Park verraten“, vermutete sie.

Der Scheuch konnte mit einem Storch namens Klapp nichts anfangen, es war, als hätte er ihn noch nie gesehen. Doch als Tütü am nächsten Tag zwei Nadeln vorbeibrachte, die sie an der Bank im Park gefunden hatte, begann er plötzlich zu überlegen.

„Diese Nadeln erinnern mich an etwas, steck sie mir in den Kopf.“

„In den Kopf?“, die Amsel sah ihn erstaunt an.

In diesem Augenblick kam Betty Strubbelhaar zur Tür herein, um nach ihrem Mann zu sehen. Sie hörte die letzten Sätze und schaltete sofort.

„Richtig“, rief sie, „das Besondere am Gehirn meines Mannes besteht darin, dass es Nadeln hat. Wenn er heftig überlegt, treten die Köpfe hervor. Versuchen wir’s also.“ Sie nahm eine der beiden Nadeln und stach sie dem Scheuch entschlossen ins Strohhaupt.

„Au“, sagte ihr Mann und griff sich an den Kopf. Gleich darauf aber fragte er: „Wo ist der Tapfere Löwe?“

Betty klatschte in die Hände und rief:
„Wie wunderbar, du erinnerst dich an deinen Freund, den Löwen!" Schnell steckte sie ihm auch noch die zweite Nadel in den Schopf.
„Aua, aua", stöhnte der Scheuch und fügte bereits im nächsten Moment hinzu: „Was macht eigentlich der Eiserne Holzfäller?"
Die Amsel war höchst verwundert, Prinzessin Betty aber sehr glücklich.
„Wahrscheinlich sind das die beiden Nadeln, in denen dein Wissen über die alten Freunde gespeichert ist", sagte sie. Und zu Tütü: „Bitte flieg zurück in den Park und suche nach weiteren Nadeln. Der Doktor behauptet zwar, es sei nichts vom Gehirn meines lieben Mannes verloren gegangen, doch vielleicht täuscht er sich da."
Die Amsel flog wieder in den Park und auch Jessica schloss sich der Suchaktion an. Aber so sehr sich die zwei bemühten, weitere

Nadeln konnten sie nicht entdecken. Etwas enttäuscht kehrten sie schließlich zurück.

Inzwischen hatte der Scheuch ein paar Überlegungen angestellt.

„Warum laden wir den Holzfäller und den Löwen nicht zu uns ein“, sagte er zu Betty. „Ich habe die beiden eine ganze Weile nicht gesehen.“

Die Prinzessin erwiderte:

„Ich habe auch schon daran gedacht, wollte aber noch abwarten, bis du dich etwas erholt hast. Doch womöglich sind sie ebenfalls in Gefahr. Am besten, wir schreiben einen Brief und lassen ihn durch die Vogelpost überbringen.“

Sie setzte sich gleich ans Schreibpult, wurde freilich schon bei den ersten Sätzen unterbrochen. Din Gior kam mit ernstem Gesicht herein.

„Ich überbringe schlechte Nachrichten, Prinzessin“, begann er. „Soeben sind aus dem Violetten Land und aus dem Königreich der Tiere zwei Boten eingetroffen. Möglicherweise ist dem Holzfäller und dem Löwen noch Schlimmeres zugestoßen als unserem Herrscher.“

Bevor die Prinzessin antworten konnte, entgegnete der Scheuch:

„Das ist ja furchtbar. Schick die Boten sofort herein.“

„Das ist kaum möglich“, sagte Din Gior, „schau bitte selbst.“

Betty und der Scheuch traten ans Fenster. Unten vor dem Schlosstor standen eine Katze und ein Elefant. Der Elefant war so riesig, dass er wirklich nicht durchs Tor passte. Er hob den Rüssel zum Gruß und die beiden oben konnten ihn fast mit der Hand berühren.

Sie gingen gemeinsam nach unten und begrüßten die Tiere. Es handelte sich um die Katze Mia und den Elefanten Dickhaut, einen Vertrauten des Tapferen Löwen. Beide berichteten kurz, dass der Holzfäller verschwunden, der König der Tiere in einen totenähnlichen Schlaf verfallen sei.

„Mia wollte den Löwen um Hilfe bitten“, sagte Dickhaut, „aber sie

ist zu spät gekommen. Nun bleibt uns nur noch die Hoffnung, dass du etwas unternimmst, Weiser Scheuch. Wir sind sehr froh, wenigstens dich heil und gesund vorzufinden."

„Das stimmt nicht ganz", erwiderte Betty, „auch unseren Herrscher hat man überfallen. Eine Schlange mit gelben Augen soll dabei gewesen sein."

Die Katze konnte ein Fauchen nicht unterdrücken.

„Hab ich's dir nicht gesagt, Dickhaut! Dieses Biest arbeitet mit Zaubertricks. Sie hat sich in eine arme Frau und dann in ein Kind verwandelt. Ja, zuletzt sogar in den Scheuch selbst, das habe ich aber zu spät gemerkt."

Der Scheuch war empört.

„Was für eine Gemeinheit", rief er. „Dieser Schlange muss unbedingt das Handwerk gelegt werden!"

„Na gut, aber dazu müssen wir sie erst einmal finden", sagte Betty Strubbelhaar.

Und Din Gior fügte hinzu:

„Wenn wir uns überlegen, was die Schlange alles angerichtet hat, können wir davon ausgehen, dass sie sich bald selber melden wird. Sie hat ihre Ziele erreicht und wir werden von ihr hören."

„Sie hat bestimmt nicht allein gehandelt", vermutete Mia, „einmal habe ich sie überrascht, als sie mit jemandem sprach, der unsichtbar war."

Inzwischen war auch Jessica hinzugekommen. Sie dachte wieder an die Hexengeschichten mit Elli und murmelte:

„Vielleicht ist Zauberei im Spiel."

„Ausschließen würde ich das nicht", erwiderte Mia und machte einen Buckel.

„Auf jeden Fall wäre es falsch zu warten, bis sich die Schlange von allein meldet", sagte der Elefant. „Wir müssen selbst etwas unternehmen."

„Schon richtig, aber was?", fragte Din Gior.

„Das werden wir nachher besprechen", gab Betty Strubbelhaar zur Antwort. „Wie es aussieht, ist das Ganze ein schwieriges Problem und wir alle brauchen Ruhe zum Überlegen. Besonders unseren beiden Boten müssen wir nach dem langen Marsch etwas Erholung gönnen."

Dann befahl sie, der Katze Milch und etwas Fisch, dem Elefanten aber im Park eine große Mahlzeit aus wohlschmeckendem Heu, Obst und Gemüse zu servieren. Nachdem das erledigt war, zogen sich alle auf ihre Zimmer zurück. Mia und Dickhaut allerdings legten sich gleich im Grünen aufs Ohr.

DER KUPFERWALD

Die beiden Tiere und der Scheuch ruhten sich noch aus, da ging Betty Strubbelhaar zu Din Gior und sagte:

„Für die nächste Zeit musst *du* das Regieren übernehmen, lieber Din. Der Elefant hat erzählt, der Tapfere Löwe liege wie tot darnieder, aber das bedeutet noch nicht, dass er auch wirklich tot ist. In dem Kampf, den wir wahrscheinlich gegen die Schlange führen müssen, brauchen wir starke Verbündete. Ich täusche mich sicherlich nicht, wenn ich behaupte: Der Löwe hat mich ins Herz geschlossen. Vielleicht hilft es ihm, wenn ich zu ihm komme."

„Die Reise ins Tierreich ist lang und gefährlich, zumal für eine Frau", wandte der Minister ein.

„Papperlapapp Frau. Eine Frau ist manchmal stärker als zwei Männer. Außerdem wird mich Dickhaut beschützen. Mir kann überhaupt nichts passieren."

„Und was geschieht in der Zwischenzeit mit unserem Herrscher?"

„Es ist besser, wenn er noch einige Zeit im Schloss bleibt", erwiderte die Prinzessin. „Er muss noch geschont werden und womöglich findet Tütü doch noch ein paar Nadeln. Mich wird er – vorerst jedenfalls – gar nicht so sehr vermissen."

Doch Betty hatte sich in ihrem Mann getäuscht. Als er hörte, worum es ging, wollte er unbedingt mit.

„Ihr behauptet doch alle, ich hätte schon eine Reihe von Abenteuern hinter mir", rief er. „Wenn ich mich auch nicht an alles erinnere, so doch an den Tapferen Löwen, einen meiner besten Freunde. Bestimmt braucht er mich!"

„Und dein Kopf?", fragte Betty. „Du hast bestimmt noch Schmerzen."

„Draußen an der frischen Luft verschwinden sie eher als zu Hause."

Auch Jessica bat darum, sich ihnen anschließen zu dürfen.

„Was soll ich allein in der Smaragdenstadt?", sagte sie. „Unterwegs kann ich dem Scheuch und der Prinzessin zur Hand gehen. Außerdem haben drei Köpfe mehr Ideen als zwei. Ich bin immerhin Goodwins Enkelin.“

Bei so vielen guten Argumenten konnte Betty nicht ablehnen. Im Grunde war es ihr auch lieber, den Scheuch und Jessica bei sich zu haben. Sie packten ein wenig Proviant ein und unterrichteten dann die Boten von ihrem Vorhaben. Dickhaut, der Elefant, war sehr froh darüber. Er gab einen Trompetenstoß von sich, der so laut hallte, dass sich sogar die Leute in der Stadt die Ohren zuhielten.

„Wir brechen am besten gleich auf“, rief er, „ihr könnt alle drei auf meinem Rücken reiten und für Mia ist ebenfalls Platz.“

Die Katze dagegen zeigte sich enttäuscht.

„Ich dachte, ihr unterstützt mich bei der Suche nach meinem Herrn“, klagte sie.

„Das tun wir, wenn wir dem Löwen geholfen haben“, beruhigte Betty sie und Jessica schlug vor:

„In der Zwischenzeit können wir die Vögel bitten, Ausschau nach ihm zu halten, und dann gibt es auch noch die Mäusekönigin Ramina, die vom Holzfäller damals im Mohnfeld vor dem Gefressenwerden gerettet wurde. Ihr Volk kommt überall hin.“

„Vögeln und Mäusen trau ich nicht gerade viel zu“, erwiderte Mia ungnädig.

„Aber wenn es doch um deinen Herrn geht!“, mischte sich nun sogar der Scheuch ein.

„Ihr habt ja recht, es widerspricht bloß meiner Natur“, entschuldigte sich die Katze.

Hoch zu Elefant zog die Gesellschaft los. Vorn auf Dickhauts Kopf saß Mia, dahinter ritt Betty, dann kam der Scheuch und am Ende thronte Jessica. Sie hatten dem großen Tier mit Mühe einige Stricke um den Bauch geschlungen, an denen sie sich festhalten konnten. Dickhaut aber gab sich Mühe, so sanft wie möglich auszuschreiten.

Sie kamen schnell voran, schneller als die Gruppe damals, die der

Seekönigin gegen das Schmutzmonster zu Hilfe eilte. Auf dem Gelben Backsteinweg, der vor der Stadt begann, setzte der Elefant Fuß vor Fuß. Am Fluss angelangt, dachte er dann gar nicht daran anzuhalten, sondern wollte mit seiner Fracht einfach durchs Wasser zum anderen Ufer waten. Doch die Prinzessin bat ihn, einen Augenblick zu warten.

„Ist das dort drüben auf dem kleinen Schiff nicht Klapp?“, fragte sie.

„Richtig“, erwiderte Jessica, „er unterhält sich mit dem Fischer Pet Riva, der vor nicht allzu langer Zeit den Löwen in eine kleine Katze verwandelt hat, was er dann nicht mehr rückgängig machen konnte.“

„Er hat ja Reue gezeigt und wird so etwas nicht wieder tun, stimmt's, Liebster?“, sagte die Prinzessin zum Scheuch.

Der Scheuch hob die Schultern. Offensichtlich erinnerte er sich nicht mehr genau.

„Wir sollten mal mit den beiden sprechen“, fuhr Betty fort, „möglicherweise wissen sie etwas Neues über die Schlange Lelia.“

Der Elefant trabte zu Pet Riva, der an Deck seiner Schaluppe saß und angelte.

„Oh“, rief der Storch, der sie zuerst bemerkt hatte, „der Weise Scheuch kommt höchstpersönlich bei uns vorbei. Ich grüße dich und natürlich auch unsere reizende Prinzessin Betty.“

Die Prinzessin erwiderte den Gruß, doch der Scheuch sagte:

„Kennen wir uns? Hatten wir schon die Ehre miteinander?“

„Aber ich bin Klapp, der Storch. Ich habe damals die Nachricht des Delphins überbracht und kürzlich noch haben wir uns auf der Bank im Schlosspark unterhalten.“

Der Scheuch kratzte sich nachdenklich den Kopf. Die Katze Mia jedoch, in letzter Zeit sehr misstrauisch geworden, sagte von ihrem Hochsitz aus:

„Dann warst du es vielleicht, der diesen Platz an die blauköpfige Schlange verraten hat.“

„Ich ...“, stotterte Klapp. „Wie ko-kommst du nur auf so was? Ich habe sie ...äh... lediglich zu Din Gior geschickt.“

Mia schien ihre Zweifel daran zu haben, doch die Prinzessin wollte keinen Streit.

„Diese Schlange scheint ein Zauberwesen zu sein, das schreckliche Verbrechen begeht. Sie hat offenbar finstere Pläne. Deshalb wollten wir euch fragen, ob sie hier aufgetaucht ist.“

„Ja, ich habe sie gesehen“, entgegnete nun überraschend der Angler, der bisher geschwiegen hatte. „Ich wollte es gerade dem Storch erzählen. Es muss am gleichen Tag gewesen sein, an dem sie dich, Scheuch, auf so gemeine Art überfallen hat. Und mir hat dieses Biest einen großen Barsch gestohlen, meinen besten Fang damals.“

„Aber wieso denn das?“, fragten Betty und Jessica fast gleichzeitig.

„Wieso? Das sollt ihr gleich hören. Ich saß in meinem Kahn und angelte, da flirrte neben mir im Ufergebüsch ein Schatten herum. Ein altes Weib mit hässlicher Hakennase.“

„Ein Schatten?“, meldeten sich nun auch Mia und Dickhaut zu Wort.

„Ja, irgendwas flimmrig Gespensterhaftes. Ich schaute einmal hin, zweimal, ich sprang auf und suchte in meinem Gedächtnis schon nach einem Zauberspruch, mit dem ich der Hexe begegnen könnte, falls sie sich mir näherte. Doch plötzlich polterte es hinter mir. Ich fuhr herum – eine große silbrige Schlange mit gelben Augen hatte meinen Fischeimer umgestoßen. Die kleineren Fische schnelzten auf dem Bootsdeck herum, den großen Barsch aber hatte sie im weit geöffneten Maul. Bevor ich mich’s noch versah, tauchte sie ins Schilf ein.“

„Und der Schatten?“, fragte Betty.

„War gleichfalls verschwunden, wie vom Erdboden verschluckt. Ich habe mich natürlich gehütet, nach ihm zu suchen.“

„Die Schlange war nicht allein, ich hab’s gewusst“, rief die Katze.

„Sie hat ihre Untaten am Holzfäller und am Löwen zusammen mit dem Schatten begangen.“

Pet Riva horchte auf.

„Ist dem Holzfäller und dem Löwen denn auch etwas passiert?“

Erstmals griff der Scheuch ins Gespräch ein.

„Es scheint leider so, mein Freund. Durch die beiden hier haben wir’s erfahren“, er zeigte auf Mia und den Elefanten. „Wir sind auf dem Weg dorthin, wollen helfen, wenn es noch möglich ist.“

Nun war es an dem Fischer, sich die Einzelheiten erklären zu lassen. Während der Storch verstört mit den Flügeln schlug, versank der Alte in Schweigen. Die Nachricht ging ihm offenbar nahe. Schließlich sagte er:

„Wartet einen Augenblick, ich will euch etwas mitgeben, das euch vielleicht Nutzen bringt.“

Er stieg in die Kajüte seiner Schaluppe hinunter und man hörte ihn eine Weile rumoren. Als Dickhaut, der endlich weiter wollte, schon ungeduldig wurde, kam Pet Riva mit einem Fläschchen in der Hand zurück.

„Das ist ein Lebenswasser“, erklärte er, „bereits wenige Tropfen genügen, um Kranke zu heilen. Es wirkt aber nur, wenn man sie mit Silbermoos aufträgt. Ich habe leider keins mehr hier, sonst würde ich es euch mitgeben.“

„Ich habe noch nie von diesem Silbermoos gehört“, erwiderte die Prinzessin. „Wo soll das wachsen?“

„Irgendwo am Kupferwald. Den genauen Ort habe ich vergessen. Auf eurem Weg müsstet ihr aber daran vorbeikommen."

„Na gut", sagte Betty Strubbelhaar, „wir werden die Augen offen halten. Hab vielen Dank, das Wasser kann uns wirklich helfen."

Die fünf verabschiedeten sich und zogen weiter. Klapp, der ein schlechtes Gewissen hatte, flatterte noch eine Weile um sie herum – angeblich, um sie vor Gefahren zu warnen. Dann blieb er jedoch zurück und Dickhaut verfiel in einen leichten Trab.

Plötzlich, es ging schon gegen Abend, lag ein leises, sehr melodisches Klingen in der Luft. Dickhaut stellte seine großen Ohren auf.

„Es kommt von dem Hügel", sagte er, „vielleicht ist dort der Kupferwald, von dem der Fischer sprach."

Ohne eine Antwort abzuwarten, setzte er sich in Bewegung und hatte schnell die Anhöhe erreicht. Der Anblick, der sich ihnen hinter dem Hügel bot, war beeindruckend. Haushohen Bäumen gleich, standen dort Gewächse aus dünnem, rötlich glänzendem Metall. Ihre Zweige klirrten leise im Wind und leuchteten in der Sonne wie Gold. Es war der erwähnte Kupferwald.

„Machen wir eine Pause", schlug Betty Strubbelhaar vor, „du bist bestimmt müde und hungrig, Dickhaut und wir sind das Reiten nicht so gewohnt."

Der Elefant ging vorn in die Knie und half mit seinem Rüssel vorsichtig einem nach dem anderen herunter.

„Gut, ruhen wir uns aus", stimmte er zu. „Aber nicht lange. Vorher müssen wir noch das Silbermoos suchen."

Jessica war kein bisschen müde. Während die anderen sich im Gras niederließen, etwas aßen und die Beine langmachten, rannte sie zu den Kupfergewächsen. Sie befühlte das glänzende Metall und dachte: So etwas gibt es wirklich nur im Zauberland. Dann sagte sie sich jedoch: Das ist aber auch gut so, denn bei uns fänden sich bestimmt sehr schnell Leute, die diese Bäume fällen und für viel Geld verkaufen würden.

Dennoch wollte sich das Mädchen ein kleines Andenken mitnehmen und brach einen Zweig ab. Kaum hatte sie das aber getan, erhob sich im Wald ein viel lauteres Klirren als vorher und apfelgroße Früchte sausten schwer von den Wipfeln herab. Eine traf Jessica am Kopf, so dass sie hinfiel und das Bewusstsein verlor.

Die Katze Mia, die bereits auf dem Elefantenrücken ein wenig geschlummert hatte, fuhr bei dem lauten Geschepper der Kupferbäume als erste auf. Sie sah, dass Jessica verschwunden war, lief den Hügel hinab und fand das Mädchen ohnmächtig am Waldrand. Auf ihr erschrockenes „Miau“ hin rannten auch die anderen herbei.

„Was ist geschehen?“, rief Betty und hob den Kopf des Mädchens an, damit es wieder zu sich kam.

Doch Jessicas Ohnmacht hielt an. Außerdem wuchs eine riesige Beule auf ihrem Kopf.

Nachdem sie sich eine Weile vergeblich bemüht hatten, Jessica aufzuwecken, fiel Betty das Fläschchen ein, das ihnen Pet Riva mitgegeben hatte.

„Wenn wir das Silbermoos hätten, könnten wir es damit versuchen“, sagte sie.

„Ich glaube, hier wächst es schon“, erklärte der Scheuch. Er bückte sich und löste vorsichtig einige Stücke Moos vom Boden.

„Das ist aber nicht silbern, sondern golden“, wandte Mia ein.

„Das ist golden?“, der Scheuch wunderte sich. Dann fügte er jedoch hinzu: „Entschuldigt, ich habe wohl auch die Farben verlernt.“

„Mit dem goldenen Moos sollten wir vorsichtig sein“, sagte Dickhaut. „Wer weiß, was es damit auf sich hat. Wir wollen lieber nach dem silbernen suchen.“

Die anderen waren einverstanden. Während Betty bei Jessica blieb und weiterhin versuchte, sie zu sich zu bringen, verteilten sich Mia, der Scheuch und der Elefant am Waldrand. Dickhaut war der erste, der fündig wurde. Durch einen kurzen Trompetenstoß teilte er mit, dass seine Suche erfolgreich war. Gleich darauf brachte er einen ganzen Rüssel voll Silbermoos an.

Betty, sehr besorgt wegen Jessicas langer Bewusstlosigkeit, wollte sofort mit der Behandlung beginnen, doch der Scheuch hielt sie zurück.

„Moment", sagte er, „wir sollten genau überlegen, was wir tun. Wenn der Fischer meinen Freund, den Löwen, mit seinen Sprüchen kleingezaubert hat und ihn danach nicht mehr zurückverwandeln konnte, sollten wir nicht allzu sehr auf seine Kunst bauen."

An diesen Worten erkannte die Prinzessin, dass der Scheuch wieder zu denken begann.

„Aber was sollen wir machen?", fragte sie.

„Wir könnten das Mittel erst einmal an mir ausprobieren", schlug der Elefant vor. „In geringer Dosis natürlich. Vielleicht gibt es mir zusätzlich Kraft. Und wenn ich etwas kleiner werden sollte, schadet das auch nichts. Dann brauche ich endlich mal weniger zu fressen."

Nach kurzem Zögern erklärte sich Betty mit diesem Vorschlag einverstanden. Sie nahm etwas von dem Silbermoos, benetzte es mit ein paar Tropfen aus dem Fläschchen und betupfte damit Dickhauts Flanke.

Zunächst geschah gar nichts. Die vier saßen da und warteten. Plötzlich jedoch begann der Elefant mächtig zu gähnen.

„Mein Gott, bin ich müde", stammelte er. „So groß waren die Strapazen der Reise doch gar nicht."

„Was denn, du wirst auf einmal schläfrig?", fragte die Katze erstaunt.

„Ja, ich ... muss mich ... hinlegen", Dickhaut hatte diese Worte kaum ausgesprochen, da streckte er sich schon auf die Seite und war im Nu eingeschlafen.

Betty reagierte als erste.

„Das ist das falsche Rezept", rief sie, „schnell, das goldene Moos!"

Der Scheuch, obwohl er noch nicht recht begriffen hatte, gab ihr, was sie verlangte.

Betty nahm erneut die Flasche, tröpfelte etwas daraus auf das goldene Moos und strich dem Elefanten damit über die Haut.

Die Medizin zeigte sofort Wirkung. Dickhaut erwachte, sprang auf die Beine und stieß einen schallenden Trompetenstoß aus. Dann rief er: „Kann es losgehn, sind alle bereit? Ich spüre die Kraft von zehn Elefanten in mir."

„Da hat der alte Pet Riva doch tatsächlich wieder etwas verwechselt", sagte kopfschüttelnd Betty. Und zu Dickhaut: „Einen Augenblick, mein Freund, fünf Minuten Zeit musst du uns schon noch gönnen."

Sie nahm wieder das goldene Moos und verrieb damit einen Tropfen Lebenswasser auf Jessicas Stirn. Auch die große Beule betupfte sie.

Das Mädchen schlug die Augen auf.

„Nanu, hab ich etwa geschlafen?“, fragte sie.

„So kann man es auch nennen“, erwiderte die Prinzessin erleichtert.

Jessica befühlte ihren Kopf. Die Beule war schon fast verschwunden, trotzdem sagte sie:

„Ich glaube, ich habe mich gestoßen. An dieser Stelle tut es weh.“

Dickhaut hob die Kupferfrucht auf und hielt sie dem Mädchen hin.

„Das Ding hier hat dich außer Gefecht gesetzt, erinnerst du dich nicht? Kannst es als Andenken mitnehmen. Jetzt aber aufgesessen!“

Jessica legte die Kupferfrucht in einen Beutel, Betty verstaute das Fläschchen mit dem Lebenswasser in ihrer Umhängetasche, dazu einiges Goldmoos. Nach kurzem Überlegen steckte sie auch noch etwas Silbermoos ein.

„Vielleicht brauchen wir es gleichfalls. Man kann nie wissen.“

Dann setzte der Elefant die Freunde erneut auf seinen Rücken und es ging, fast im Galopp, dem Reich der Tiere zu.

EIN ÄNGSTLICHER LÖWE

Sie erreichten das Blaue Tal, wo hauptsächlich Enzian und Veilchen wuchsen, umgingen den Monsterberg und durcheilten schließlich das Graue Nebelreich. Wen sie unterwegs auch immer fragten, keiner wusste etwas über eine silberne Schlange mit blauem Kopf und Bernsteinaugen, keiner hatte einen flirrenden Schatten gesehen. Mia sagte:

„Wahrscheinlich sind sie gar nicht beim Löwen, sondern treiben sich bei uns zu Hause herum. Bestimmt halten sie meinen Herrn gefangen. Wir sollten schnell ins Violette Land zurück."

„Und unser Herrscher stirbt inzwischen", erwiderte der Elefant, „willst du das?"

Die Katze schwieg verlegen.

Im Reich der Tiere angelangt, fiel ihnen schon bald eine ungewohnte Stille auf. Kein Wolf heulte, kein Äffchen kreischte, nicht einmal ein Vogelzwitschern war zu vernehmen.

„Was ist hier los", fragte Dickhaut besorgt, „warum ist niemand zu hören oder zu sehen?"

Sie eilten zur Höhle des Tapferen Löwen. Dort hatte der Elefant seinen Herrscher zurückgelassen, nachdem sie vergeblich versucht hatten, ihn zum Leben zu erwecken. Doch kein Löwe war zu erblicken und kein anderes Tier. Auch hier nur tödliches Schweigen.

Dickhaut stampfte mit dem Fuß auf.

„Es muss doch jemand da sein", sagte er. „Wo ist der Löwe, wo sind Tiger und Leopard, wo sind Esel und Maultier? He, ich bin's, der Elefant! Wo habt ihr euch alle versteckt? Kommt heraus!"

Eine Weile passierte nichts, dann aber raschelte es im Gras, und Mümmel, der Hase, steckte seine Nase aus der Erde. Wie der Elefant gehörte ja auch er zur Regierung.

„Du bist's, Dickhaut", rief er. „Endlich bist du zurück. Und du bringst den Weisen Scheuch mit. Was für ein Glück!"

„Ja, schon“, erwiderte der Elefant. „Aber was ist hier geschehen? Warum lasst ihr euch nicht blicken und hören?“

„Wir haben alle Angst vor der silbernen Schlange“, gab der Hase zur Antwort. „Schließlich war sie es, die unseren König, den Tapferen Löwen, besiegt hat. Sie und die flimmernde Hexe haben uns befohlen, ihn zu begraben und ein Schloss für sie zu bauen. Wenn wir ihr nicht gehorchen, wird sie uns grausam bestrafen.“

„Da haben wir's, diese Banditen sind hier“, sagte Betty. Der Scheuch aber rief:

„Ihr habt doch nicht etwa meinen besten Freund, den Löwen, begraben?“

Mümmel schaute sich vorsichtig um und flüsterte:

„Nein, wir haben statt seiner einen Bären in die Grube gesenkt, der vor kurzem gestorben war. Der Löwe ist noch immer ohnmächtig. Kommt mit!“

Er hoppelte voran, um ein Dornengebüsch herum, das vor einer Felswand wuchs. Dahinter tat sich eine schmale Schlucht auf. Sie war zu eng, um Dickhaut durchzulassen, so dass er an dieser Stelle zurückbleiben musste. Die anderen folgten dem Hasen. Die Katze, die direkt hinter Mümmel ging, fragte:

„Ihr wollt diesem hinterhältigen Kriechtier wirklich ein Schloss bauen? Und dieser Hexe, die wahrscheinlich nicht einmal einen Körper hat?“

„Weil wir ihr nicht dienen wollen, haben wir uns ja alle versteckt“, erwiderte der Hase.

„Dennoch verstehe ich euch nicht. Dass deine Artgenossen – du musst schon entschuldigen, Mümmel – nicht gerade zu den Mutigsten gehören, ist zwar bekannt, aber Bären, Wölfe, Tiger fürchten sich doch nicht vor einer Schlange.“

„Du warst ja nicht dabei“, sagte der Hase. „Die beiden waren furchtbar. Die Schlange wurde von der Alten in eine Riesenspinne verwandelt und dann wieder in einen fünfköpfigen Drachen mit messerscharfen Krallen. Sie hat drei aus meiner Familie getötet und aufgefressen. Die Hexe aber tauchte an verschiedenen Orten gleichzeitig auf."

Die Katze gab sich nicht so schnell geschlagen.

„Trotzdem", beharrte sie, „da sind eine Menge Zaubertricks dabei. Ich hab's selber erlebt. Du brauchst der Schlange nur auf den Rücken zu springen und ein bisschen zu fauchen, schon nimmt sie Reißaus."

„Erstens kann ich nicht fauchen", wandte der Hase ein, „und zweitens haben die beiden immerhin den Löwen überwältigt. Sie haben behauptet, dass sie ihm den Mut genommen haben und dem Eisernen Holzfäller das Herz."

„Das haben sie behauptet?", rief Mia erschrocken und auch die anderen waren sehr betroffen.

„Ja, sie haben uns sogar das Gehirn des Weisen Scheuch gezeigt, mit den berühmten Nadeln." Mümmel drehte sich fragend zum Scheuch um: „Aber da haben sie wohl geschwindelt?"

„Leider nicht", murmelte der Scheuch.

Inzwischen waren sie angelangt. In einer Grotte lag auf weichem Moos und Gras der Tapfere Löwe. Er rührte sich nicht, schien nicht einmal mehr zu atmen.

„So liegt er nun schon eine Woche lang", sagte traurig der Hase. „Vielleicht ist er wirklich tot."

Betty und der Scheuch beugten sich über das große Tier. Jessica streichelte ihm sanft das Fell.

„He, alter Freund", murmelte der Scheuch, „komm zu dir. Was machst du bloß für Sachen?"

Doch der Löwe gab keinen Mucks von sich.

Betty fasste mit beiden Händen in die Mähne des Vierbeiners und begann ihm den Kopf zu kraulen – vergeblich.

„Vielleicht sollte ich ihn ein bisschen kratzen", schlug Mia energisch vor.

„Nein, wir versuchen es lieber mit Pet Rivas Zauberwasser“, erwiderte die Prinzessin. Sie holte das Fläschchen und das Goldmoos aus ihrer Umhängetasche und rieb mit beidem sacht die Stirn des Löwen ein. Doch der zuckte nicht einmal mit der Schwanzspitze.

Für die fünf war das eine Riesenenttäuschung.

„Bei Dickhaut und Jessica hat das Mittel gewirkt“, murmelte Betty Strubbelhaar, „warum bei ihm nicht? Was haben diese Verbrecher mit dem Löwen gemacht?“

Jessica hatte eine Idee:

„Die Stärke des Holzfällers ist seine Güte“, sagte sie, „die vom Scheuch der Verstand. Bestimmt müssen wir beim Löwen den Mut wecken, wenn wir ihm helfen wollen.“

„Das mag schon sein“, stimmte der Hase zu, „aber wie machen wir das?“

„Seine Tapferkeit geht vom Herzen aus, wie beim Holzfäller die Hilfsbereitschaft“, erklärte Jessica.

Betty hatte schon begriffen. Sie nahm die Tropfen und das Goldmoos, dann rieb sie dem Löwen die Brust ein.

Unvermutet stieß das mächtige Tier einen tiefen Seufzer aus. Es wälzte sich von der Seite auf den Bauch, gähnte herzhaft und sagte:

„Ich glaube, ich habe genug geschlafen. Wie spät ist es?“

Statt einer Antwort ertönte ein lautes Jubelgeschrei.

„Er lebt, der Tapfere Löwe lebt, er hat sogar gesprochen!“, riefen alle.

„Warum soll ich denn nicht leben?“, fragte der Löwe erstaunt und erhob sich. Dann stutzte er aber. Er schaute sich verblüfft um und fügte hinzu: „Mein Freund, der Scheuch? Prinzessin Betty Strubbelhaar? Jessica? Was für eine freudige Überraschung. Wo kommt ihr so plötzlich her?“

Es dauerte eine ganze Weile, bis die Gäste ihm die Zusammenhänge erklärt hatten. Als Betty auf die Schlange zu sprechen kam, horchte der Löwe auf.

„Eine silberne Schlange mit blauem Kopf?“, fragte er. „Hat sie sich etwa als feige bezeichnet?“

„Nicht als feige, als ein bisschen dumm, wenn man dem Storch Klapp glauben darf“, erwiderte Betty.

„Und als jemand, der ein gütiges Herz braucht“, sagte Mia. „Hast du sie vielleicht gesehen?“

„Sie war hier und wollte unbedingt, dass ich einen Trank prüfe, der ihr Mut geben sollte. Danach weiß ich nichts mehr.“

„Kein Zweifel, das war sie“, rief Betty. „Was für ein raffiniertes Biest!“

Sie verließen das Versteck und kehrten zu dem Elefanten zurück. Dickhaut hatte bereits ungeduldig gewartet und war überglücklich, den Herrscher so gesund und munter vor sich zu sehen. Gerührt umfasste er ihn mit dem Rüssel und schwenkte ihn kurz durch die Luft.

„He, he, was fällt dir ein?“, jammerte der Löwe. „Da wird einem ja angst und bange.“

Der Scheuch merkte auf.

„Moment, hast du dich soeben gefürchtet?“, fragte er.

„Ja, mir war so sonderbar beklommen. Weshalb willst du das wissen?“

„Weil sie mir mein Gehirn gestohlen haben. Nur zwei Nadeln hat die Amsel Tütü wiedergefunden. Bei dir dagegen hatten sie es auf den Mut abgesehen. Sie wussten, dass du es ihnen sonst heimzahlen wirst.“

„Ich werde es ihnen trotzdem heimzahlen“, erwiderte der Löwe, „auch wenn ich tatsächlich wieder feige geworden sein sollte.“

Mittlerweile waren viele Tiere aus ihren Verstecken gekommen und hatten sich um den Löwen versammelt.

„Unser König ist aufgewacht“, riefen sie, „er ist gar nicht tot. Was für eine Freude!“

„Auch der Scheuch ist zu Besuch gekommen“, sagten einige.

„Jetzt sollen die Schlange und der Schatten nur auftauchen“, schrien die Mutigsten, „wir werden es ihnen zeigen.“

Betty Strubbelhaar nahm das Wort.

„Genau darum geht es“, sagte sie, „wir müssen die Schlange und diese Hexe finden, um sie ein für allemal unschädlich zu machen. Weiß jemand, wo sie sich aufhalten?“

Ein Reh meldete sich:

„Sie sind nicht mehr hier“, erklärte es, „aber sie wollten zu den Säbelzahntigern. Ich habe die beiden im Fichtengrund belauscht, sie redeten ungeniert darüber, dass sie für ihre künftigen Vorhaben eine Leibgarde brauchen. Dabei schienen ihnen die rüden Gesellen, die sich ohnehin kaum an unsere Gesetze halten, gerade recht. Sie wollten sie anwerben.“

„Wir kriegen es also mit den Säbelzahntigern zu tun“, murmelte Betty, „das klingt gar nicht gut. Na ja, etwas Ähnliches war wohl zu erwarten.“

„Säbelzahntiger, was soll das sein?“, fragte der Scheuch.

Die Tiere waren über seine Worte erstaunt, denn sie wussten nicht, dass der Scheuch sein Gedächtnis verloren hatte. Noch mehr wunderten sie sich allerdings, als der Löwe zögernd sagte:

„Müssen wir uns denn mit diesen Raufbolden anlegen? Bestimmt ist die Schlange längst woanders.“

„Du hast doch nicht etwa Angst vor denen?“, fragte, ein wenig spöttisch, ein Fuchs.

„Der Löwe hat natürlich keine Angst, er will nur Zeit sparen“, erwiderte an Stelle ihres Freundes die Prinzessin. „Ich denke aber, dass wir es früher oder später sowieso mit den Säbelzahntigern zu tun bekommen. Außerdem liegt ihre Schlucht am Weg ins Violette Land und dort müssen wir hin.“

Die Katze Mia unterstützte sie.

„Jawohl, wir wollen gleich aufbrechen. Ob Säbelzahntiger oder nicht, wir müssen endlich dem Holzfäller zu Hilfe kommen.“

Der Scheuch nickte zustimmend und der Löwe, der zuletzt ein bisschen kläglich dreingeschaut hatte, richtete sich plötzlich auf:

„Natürlich, ihr habt ja Recht. Ich wollte wirklich bloß keine Zeit verlieren. Sollen sie nur ihre Zähne zeigen, diese Tiger, wir werden sie in die Schranken weisen.“ Und zum Zeichen seiner Entschlossenheit stieß er ein drohendes Gebrüll aus.

DIE SÄBELZAHNTIGER

Dennoch vergingen ein paar Stunden, bis sie wieder aufbrechen konnten. Vorher mussten sie sich ausruhen, etwas essen und einiges regeln, für den Fall, dass die Schlange hier nochmals auftauchte. So wurden dem Elefanten im Verein mit Mümmel die Regierungsgeschäfte übertragen. Außerdem bekam die Krähe Kaggi-Karr den Auftrag, den Löwen unverzüglich zu benachrichtigen, falls etwas Ungewöhnliches geschah.

Am nächsten Tag ging es endlich weiter. Da Dickhaut nicht mehr dabei war, ritten Betty, der Scheuch und Jessica abwechselnd auf dem Löwen, damit es ihm nicht zu schwer wurde. Mia dagegen lief entweder voraus oder kletterte auf Bäume, um die Lage zu sondieren.

Sie umgingen das Tal der Fragen, in das sich die Schlange bestimmt kein zweites Mal verirren würde, und folgten dann einem Pfad, den das Reh erwähnt hatte. Plötzlich – sie waren schon ein gutes Stück vorangekommen – hörten sie im Gebüsch ein klägliches Fiepen und Stöhnen.

„Wer ist da?“, fragte Betty Strubbelhaar, „fehlt dir etwas? Können wir dir helfen?“ Sie sprang zur Erde und bog die Zweige auseinander. Die anderen verfolgten neugierig und gespannt ihre Bewegungen.

„Ich bin hier in der Mulde“, sagte eine leise Stimme.

Betty beugte sich etwas nach unten und erblickte ein kleines Wildschwein, das sich ängstlich in eine Bodenvertiefung duckte. Aus einer langen Wunde auf seinem Rücken floss Blut.

„Oje, was ist denn dir passiert?“, fragte Betty mitleidig.

„Ich bin verletzt und weiß nicht, wo ich hin soll. Sie haben meine Mama und meine sechs Geschwister getötet. Auch mich hätten sie um ein Haar erwischt. Ich bin ihnen durch die Suhle entkommen.“

„Was waren das für Banditen?“, der Löwe ließ ein kurzes zorniges Brüllen hören.

„Das waren ...“, der Frischling schaute ihn furchtsam an und brach seinen Satz ab. „Vor dir habe ich auch Angst“, flüsterte er.

„Du brauchst keine Angst zu haben. Ich bin zwar ein Löwe und muss ab und zu fressen, aber ich würde nie hinterhältig eine ganze Familie überfallen. Dir füge ich schon gar kein Leid zu. Im Gegenteil, du stehst unter meinem Schutz.“

Das Schweinchen schien nicht ganz überzeugt, aber Betty sagte:

„Jetzt komm erst mal aus dem Gebüsch, damit ich deine Wunde behandeln kann.“

Der Frischling kroch ins Freie. Jessica holte Wasser aus einem Bach, der Scheuch putzte den Kleinen mit Gras ab, Betty aber säuberte die Wunde und verband sie. Dann fragte der Löwe erneut:

„Also noch mal, wer war’s? Wer hat deiner Familie so übel mitgespielt?“

„Die Säbelzahntiger! Neuerdings kommen sie auf ihren Streifzügen bis in unser Gebiet. Sie behaupten, im Tierreich regiere jetzt eine Schlange als Königin und sie selbst wären ihre Statthalter.“

Der Löwe schüttelte die Mähne und knurrte:

„Königin, Statthalter? Wer hat sie dazu gemacht? Diese unverschämten Banditen! Aber wir werden ihnen ihre Großsprecherei austreiben. Sind sie etwa in der Nähe?“

„Nein“, erwiderte das Schweinchen, „ich glaube nicht. Sie wollten nur räubern und sind wieder zurück in ihren Wald. In diese Richtung.“ Es zeigte nach vorn.

„Ihr Glück“, murmelte der Löwe erleichtert.

„Na gut, doch was machen wir jetzt mit dir, mein kleiner Freund?“, überlegte Betty. „Wir müssen weiter und können dich nicht mitnehmen. Hast du niemanden, der dich aufnimmt?“

„Eine Tante von mir wohnt weiter hinten im Eichengrund“, erwiderte das kleine Wildschwein schließlich. „Ich fürchte mich aber, allein durch den Wald zu gehen.“

„Spring auf meinen Rücken, ich bring dich hin“, sagte schnell der Löwe. „Ihr anderen könnt ja schon vorauslaufen.“

Betty, Jessica und der Scheuch schauten sich überrascht an. Die Katze Mia jedoch, die erst jetzt von einem Baum gestiegen war, fragte respektlos:

„Du willst das Schweinchen zur Tante bringen? Könnte es sein, dass du Angst vor den Säbelzahntigern hast?“

„Was fällt dir ein“, entgegnete der Löwe brummig, „ich mache den Vorschlag ja nur, weil ich im Nu zurück bin.“ Dann besann er sich jedoch, senkte den Kopf und fügte hinzu: „Ihr habt ja Recht. Ich glaube, ich bin tatsächlich feige geworden. Was soll ich bloß tun?“

Betty lehnte ihren Kopf an den des großen Tieres.

„Dass du es zugibst, beweist das Gegenteil. Du hast bestimmt noch eine Menge Mut. Im Augenblick der Gefahr wird es sich herausstellen.“

„Dann läuft eben Mia mit dem Kleinen zur Tante“, schlug nun der Scheuch vor. „Sie ist schließlich auch nicht langsam und hat uns bald wieder eingeholt.“

Die anderen waren einverstanden und die Katze zog mit dem Wildschwein los. Jessica streichelte den Löwen. Sie hatte auch Angst vor den schrecklichen Tigern und konnte ihren Freund gut verstehen. Im Ernstfall würde vor allem er kämpfen müssen.

Sie marschierten weiter und kamen aufs freie Feld. Gar nicht weit entfernt tat sich zwischen schroffen Felsen eine bewaldete Schlucht auf. Wie das Reh berichtet hatte, lebten dort die Säbelzahntiger.

„Es hilft nichts, wir müssen dorthin“, sagte Betty. „Sie wissen bestimmt etwas von der Schlange und vielleicht ist dieses Biest sogar noch bei ihnen.“

„Außerdem muss ich sie wegen des Überfalls auf die Wildschweine zur Rede stellen“, rang sich der Löwe durch.

In der Schlucht herrschte Totenstille. Kein Vogelzwitschern war zu hören und nicht einmal der Wind rauschte in den Wipfeln. Mia, die inzwischen wieder zu ihnen gestoßen war, kletterte auf eine Buche und hielt Ausschau. Aber sie konnte nicht viel erkennen.

„Ruf sie, Löwe“, verlangte die Katze von oben, „du hast die kräftigste Stimme.“

„Ich soll diese Räuber rufen?“

„Natürlich, sie müssen uns doch Auskunft geben. Schließlich geht es um deinen guten Freund, den Eisernen Holzfäller!“

„Das ist richtig“, unterstützte sie der Scheuch.

Der Löwe überwand sich. Zunächst leise, dann immer lauter brüllte er nach den Tigern.

Unvermittelt ertönte vor ihnen ein furchterregendes Geheul, das sich zu beiden Seiten fortsetzte. Jessica wollte vor Schreck auf eine Eiche klettern, doch Betty hielt sie zurück.

„Das sind nur Drohgebärden“, sagte sie, „wir dürfen jetzt keine Schwäche zeigen. Außerdem sind Tiger ja große Katzen. Du wärst auch auf dem Baum nicht vor ihnen sicher.“

Der Scheuch, Jessica und die Prinzessin stellten sich links und rechts neben den Löwen. Betty rief befehlend:

„Kommt aus eurem Versteck, wir müssen mit euch reden.“

Eine nach der anderen traten acht Raubkatzen aus dem Dickicht. Sie waren braun-weiß gestreift, fast so groß wie der Löwe und aus ihren weit geöffneten Rachen ragten scharfe gebogene Zähne. Sie bildeten einen Halbkreis um die Freunde. Ihr Geheul ging nach und nach in Fauchen über.

Die vier warteten, bis Stille eingekehrt war, dann fragte der Löwe:

„Ich kann Achr nicht sehen, wer ist euer Anführer?"

„Weißt du nicht, dass Achr seit längerer Zeit verschwunden ist?", erwiderte ein Tiger, dem ein Stück Zahn fehlte. „Wir sind jetzt alle gleichrangig."

„So? Und wer hat euch das Recht erteilt, in meinem Reich zu morden und zu stehlen?"

Der Tiger schnitt eine höhnische Grimasse.

„Dein Reich? Der Schatten und die Schlange mit den Bernsteinaugen geben jetzt die Befehle. Sie haben die Macht übernommen und lassen uns freie Hand."

Der Löwe stieß ein wütendes Gebrüll aus, so dass die Tiger zurücksprangen. Das Echo hallte von den Hängen der Schlucht wider.

„Wo sind sie, euer Schatten und diese Schlange", rief er, „wer hat sie zu Herrschern gemacht? *Ich* bin euer König! Ich bin von den Tieren gewählt."

Einer der Tiger, der kleinste, sagte mit einem schiefen Grinsen:

„Die beiden sind weitergezogen, sie wollten ins Violette Land. Dass du vor uns stehst, Löwe, ist freilich sonderbar. Die Schlange sagte, du wärst tot und begraben."

„Ihr seht ja, wie tot und begraben ich bin", der Löwe peitschte die Erde mit seinem Schwanz. „Für eure Verbrechen bringe ich euch vors Oberste Tiergericht."

Sein energisches Auftreten zeigte Wirkung. Einige der Raubkatzen zogen den Schwanz ein und wichen weiter zurück. Der Tiger mit dem abgebrochenen Zahn aber muckte auf:

„Augenblick mal, ob du nun tot bist oder nicht, wir haben deine Herrschaft satt. Die Schlange wird zurückkommen und dann sind wir die Mächtigsten nach ihr. Sie hat dich schon einmal besiegt, sie hat auch den Eisernen Holzfäller und in der Smaragdenstadt den

Scheuch überwältigt. Dem Holzfäller hat sie das Herz und dem Scheuch seinen Verstand genommen."

Der Löwe schwieg, er wusste nicht gleich eine Antwort. Mia oben auf dem Baum stieß wegen ihres Herrn ein trauriges Miau aus. Betty aber sagte:

„Ihr glaubt wohl alles, was diese Lügner euch erzählen?"

„Wieso denn nicht?", erwiderte höhnisch der Säbelzahntiger. „Lelia hat uns sogar das Gehirn der Strohpuppe gezeigt."

„Ach ja? Die Strohpuppe, wie du sie nennst, steht neben mir. Denkst du etwa, sie läuft ohne Gehirn herum?"

Erst jetzt schauten die Tiger, die sich bisher ganz auf den Löwen konzentriert hatten, den Scheuch an. Der wollte beweisen, dass er durchaus in der Lage war, kluge Gedanken zu fassen, und strengte seinen Kopf so sehr an, dass deutlich sichtbar seine beiden Nadelköpfe hervortraten.

„Tatsächlich, es ist der Scheuch und er hat noch seine Nadeln im Kopf", murmelte der kleinere Tiger.

„Da seht ihr, wie ihr betrogen werdet", fuhr die Prinzessin fort. „Diese Schlange hat euch irgendein Nadelkissen gezeigt, aber nicht das Gehirn meines Mannes."

Die Tiger wurden unsicher, doch ihr Wortführer gab sich noch nicht geschlagen.

„Na wenn schon", rief er, „wir erkennen den Löwen trotzdem nicht an. Am besten, wir lassen ihn gar nicht mehr weg von hier. Wir sind acht, und er ist nur einer. Los, Kameraden, fasst und tötet ihn!"

Er trat einen Schritt vor, aber nicht so weit, dass ihn der Löwe packen konnte. Die anderen Raubkatzen kamen ebenfalls näher.

Der Löwe hatte sich zum Sprung geduckt.

„Ach, so ist das", rief er, „ihr wollt es mit mir aufnehmen. Na, dann kommt doch her, greift mich an. Die ersten beiden müssen dran glauben, das verspreche ich euch. Und wie ich sie zurichten werde! Wie's danach weitergeht, werden wir ja sehen."

„Du bluffst bloß“, knurrte der Tiger mit dem abgebrochenen Zahn. „Du weißt genau, dass du uns allein nicht besiegen kannst!“

„Wer ist hier allein?“, rief nun Betty. „Ihr habt wohl Sand in den Augen. Seht ihr nicht, dass wir vier sind, die Wildkatze oben in den Zweigen noch gar nicht mitgerechnet? Ihr denkt, mein Mann und ich sind Puppen, mit denen man leicht fertig wird. Aber der Scheuch und seine Freunde haben kürzlich erst das gefährliche Seemonster besiegt, das hundert Arme hatte und im Muschelmeer hauste. Sie sind seinerzeit mit der Hexe Gingema, mit den Fliegenden Affen und den Wölfen Bastindas fertig geworden!“

„Da war aber Elli dabei, die Fee des Tötenden Häuschens“, wandte der kleine Tiger ein, der sich in der Geschichte des Zauberlandes auskannte.

„Das stimmt“, sagte die Prinzessin. „Doch dafür steht diesmal das Mädchen Jessica neben mir. Und ich will euch auch verraten, wer sie ist. Die Enkelin Goodwins nämlich, jenes Zauberers, der in der Smaragdenstadt die Bezeichnung der ‚Große und Schreckliche‘ trug. Vielleicht erinnert ihr euch, er ist damals mit einem Ballon davongeflogen.“

Die Säbelzahntiger schienen überrascht, sie murrten und fauchten zwar noch ein bisschen, aber man sah, dass nicht mehr viel von ihrer Angriffslust geblieben war. Der mit dem abgebrochenen Zahn freilich knurrte:

„Goodwins Enkelin, das kann jeder behaupten. Deine Jessica verkriecht sich ja vor lauter Angst hinter dir.“

Tatsächlich hatte das Mädchen grässliche Furcht. Zwar hatte sie eine Gerte von einem Strauch abgebrochen, um sich irgendwie verteidigen zu können, aber die hielt sie ängstlich hinter ihrem Rücken versteckt. Dennoch begriff sie, dass sie etwas tun musste, wenn die ganze Sache nicht doch noch schief gehen sollte. Deshalb raffte sie all ihren Mut zusammen, nahm die Gerte fester in die Hand und trat zwei Schritte nach vorn.

„Du glaubst also, ich bin feige“, schrie sie den Tiger an. „Sieh dich bloß vor. Der erste Schlag tut nur ein bisschen weh, mit dem zweiten jedoch verwandle ich dich in eine Maus. Mimifex, abrutex, brimiflex!“, und sie zog ihm kräftig eins über die Nase.

„Und wenn du ein Mäuschen geworden bist, fresse ich dich auf“, kreischte verwegen Mia von ihrem Baum herab.

Das reichte. Sekundenlang sah es noch so aus, als wollte der Tiger attackieren, er schlug sogar mit der Tatze nach der Gerte, doch die Aussicht, durch einen zweiten Hieb vielleicht zur Maus und dann verspeist zu werden, nahm ihm jegliche Kampfeslust. Im Zauberland war alles möglich. Wie ein gescholtenes Kätzchen senkte er schließlich den Kopf und trollte sich. Das Rudel brauchte nicht erst groß aufgefordert zu werden, ihm zu folgen.

„Donnerwetter, du traust dich ja was“, sagte der Löwe, als sie wieder unter sich waren.

„Ihr wart ja alle so tapfer“, erwiderte Jessica, „da konnte ich nicht zurückstehen.“

„Ich und tapfer“, erklärte der Löwe, „hast du mich denn nicht zittern sehen?“

„Wir haben ja selber gezittert“, lachte Betty, „da konnten wir nicht noch auf dich achten.“

„Später müssen wir die Tiger trotzdem vor Gericht stellen, vor allem den mit dem abgebrochenen Zahn“, knurrte der Löwe. „Sie haben schon wegen der Wildschweine eine harte Strafe verdient.“

Mia kam vom Baum und hatte, wie schon oft, das letzte Wort:

„Später durchaus, da hast du Recht. Aber jetzt müssen wir erst mal weiter. Ihr habt ja gehört, was sie über meinen Herrn, den Holzfäller erzählten. Wenn die Schlange ihm wirklich das Herz geraubt hat, steht es schlimm um ihn. Und wir haben schon so viel Zeit verloren.“

LARRY KATZENSCHRECK

Nachdem sie die Schlucht der Säbelzahntiger hinter sich gelassen hatten, war es nicht mehr weit zum Violetten Land. Ein lila Grenzstein, ähnlich jenem, den die Schlange Lelia auf dem Herweg gesehen hatte, zeigte an, dass ihr Ziel bald erreicht war. Mia, die vorauseilte und der vom vielen Klettern und Springen bereits die Pfoten weh taten, konnte es gar nicht erwarten, nach Hause zu kommen. Den ersten, den ich treffe, werde ich fragen, ob die Schlange inzwischen wieder hier aufgetaucht ist, dachte sie.

Doch wenn sie geglaubt hatte, zuerst einem Zwinkerer zu begegnen, einer verwandten Katze oder wenigstens einem Hofhund, der mit sich reden ließ, sah sie sich getäuscht. Sie tigerte auf einem Feldweg dahin und plötzlich entdeckte sie zwei Meter entfernt auf einem kleinen Erdhügel eine Maus. Sie war samtbraun, hatte ein hellgraues Schnäuzchen, lange Barthaare und schwarze, lebhafte Augen.

Für einen Moment dachte Mia nicht mehr an die Schlange und verharrte starr auf der Stelle. Sie leckte sich genießerisch das Maul und spürte ein verlangendes Hungergefühl.

Auch die Maus saß ganz still, ahnte wahrscheinlich gar nichts von der Gefahr. Mia war das natürlich recht. Sie duckte sich und schnellte in drei Sätzen nach vorn. Allerdings ohne ihr Ziel zu erreichen. Bevor sie noch anlangte, war das Mäuschen in einem Loch verschwunden.

„Raffiniertes Luder", murrte Mia enttäuscht und wandte sich wieder dem Weg zu. Doch kaum hatte sie ein paar Meter zurückgelegt, saß die Maus erneut vor ihr und blinzelte sie spöttisch an.

„Dir werd ich's zeigen", fauchte die Katze und sprang direkt aus dem Stand los. Damit hatte sie sonst immer Erfolg. Diesmal jedoch nicht. Wieder tauchte die Maus in ein Loch ab und zeigte sich gleich darauf ein Stück weiter vorn, so als wäre sie niemals bedroht worden, ganz ruhig zwischen Gras und herabgefallenen Blättern.

„Du glaubst, du kannst mich an der Nase herumführen, was?", murmelte die Katze kaum hörbar. „Na, wir werden ja sehen, wer zuletzt lacht." Sie blieb ganz ruhig, fing sogar an, sich zu putzen. Sie tat, als schenke sie dem Mäuschen keinerlei Beachtung mehr. Insgeheim aber konzentrierte sie sich auf einen gewaltigen Sprung. Mit ganzer Kraft drückte sie sich vom Boden ab, landete im nächsten Augenblick wieder und spürte – nein, nicht den warmen flauschigen Körper des Mäuschens in den Krallen, sondern einen stechenden Schmerz in der Pfote. Sie konnte einen Aufschrei nicht unterdrücken.

Unvermutet begann die Maus, die in sicherer Entfernung vor ihrem Loch hockte, zu sprechen.

„Ja, da heulst du nun", sagte sie, „das hat man davon, wenn man einem wie mir ans Fell will. Jetzt sitzt du selber in der Falle."

„Was erzählst du? Was ist das?" Mia versuchte ihre Pfote zu bewegen, doch der Schmerz flammte sofort stärker auf.

„Eine gewöhnliche Mausefalle“, erwiderte gelassen die Maus, „siehst du das nicht? Die Zwinkerer stellen sie für meinesgleichen auf, doch ich denke gar nicht daran, ihnen den Gefallen zu tun. Ich nutze sie für eure Art. In dieser Woche bist du schon meine zweite Katze.“

Eine solche Frechheit konnte sich Mia nicht gefallen lassen. Mitsamt der Falle an der Pfote sprang sie auf die Maus zu. Das ging nun allerdings gar nicht gut. Vor Wut und Schmerz aufkreischend, fiel sie ins Gras zurück.

Inzwischen waren die Freunde heran. Die Maus, die besonders vor dem riesigen Löwen erschrak, verschwand sofort in ihrem Loch.

„Was ist denn mit dir los“, fragte als erster der Löwe, „warum wälzt du dich schreiend auf dem Boden?“

„Ich wälze mich nicht“, heulte die Katze, „ich bin mit der Pfote in eine Mausefalle geraten.“

Die andern beugten sich zu ihr herab.

„Ach je“, sagte Betty Strubbelhaar mitleidig, „wie hast du denn das angestellt?“ Sie und Jessica knieten neben Mia nieder. Vorsichtig versuchten sie die Katze zu befreien.

„Sie ist nicht hineingeraten, ich habe sie hineingelockt“, fiepte hinter ihnen ein dünnes Stimmchen. Die Maus hatte den ersten Schreck überwunden und schob das Schnäuzchen aus dem Loch.

„Eine Maus“, rief Betty. „Warum hast du das getan? Unsere Freundin hat sich verletzt.“

„Na hör mal. Schließlich wollte sie mich fangen und fressen. Jetzt sieht sie selber, wie es ist, gefangen zu sein.“

Fast musste Betty lachen. Wegen Mia unterdrückte sie es aber und sagte:

„Hm, ganz im Unrecht bist du nicht. Du scheinst eine ziemlich gewitzte Maus zu sein. Wie heißt du?“

„Ich bin keine Maus, sondern ein Mäuserich. Gewitzt ist nicht die richtige Bezeichnung. Man nennt mich Larry, den Katzentöter.“

Mia war von diesen Worten wenig begeistert.

„Katzentöter, du Wicht", fauchte sie. „Sterben werde ich an meiner Verletzung nicht gleich. Warte nur, bis ich wieder frei bin."

„Immerhin habe ich für meine großen Verdienste in der Katzenbekämpfung schon zweimal die höchste Auszeichnung der Mäusezunft erhalten, die Goldene Speckschwarte", ergänzte Larry ungerührt. „Und kürzlich hätte ich fast eine Schlange erwischt."

„Eine Schlange?", fragten der Scheuch, Betty und der Löwe fast gleichzeitig.

„Ja, eine Schlange. Die betrachten uns nämlich auch bloß als Nahrung und sind uns genauso zuwider wie Katzen. Diese war allerdings zu groß und zu dick. Sie hat sich nur die Zunge gequetscht."

Die Prinzessin und Jessica hatten Mia endlich befreit. Die Katze leckte sich die Pfote, schielte aber auch zu dem Mäuserich hinüber. Allzu gern hätte sie ihm noch eins ausgewischt. Betty freilich bedeutete ihr, Ruhe zu bewahren.

„Glänzte deine Schlange silbern, hatte sie einen blauen Kopf und gelbe Augen?“, fragte sie.

„Genauso sah sie aus. Kennt ihr sie etwa?“

„Nicht direkt, aber wir haben schon viel von ihr gehört“, erwiderte Betty. „Nichts Gutes übrigens. Man muss sich vor ihr in Acht nehmen. War ein Schatten bei ihr?“

„Ein Schatten? Ich verstehe nicht“, sagte Larry. „Jedes Wesen hat einen Schatten, wenn es im Licht steht.“

„Schon. Doch der, den ich meine, ist ein flirrender Schatten ohne Körper, eine Art Gespenst. Er kann wahrscheinlich hexen“, erklärte Betty.

„So?“, der Mäuserich wunderte sich. „Nein, einen solchen Schatten habe ich nicht gesehen.“

Mia fiel etwas ein.

„Hör mal, du Katzenschreck. Der Eiserne Holzfäller ist seit kurzem verschwunden. Du weißt doch, wer das ist?“

„Na klar“, erwiderte Larry. „Der Herrscher des Violetten Landes. Wer kennt nicht ihn und sein gütiges Herz. Der würde bestimmt keine Mäuse fangen.“

„Er braucht ja auch nichts zu essen“, verteidigte sich Mia, „er ist aus Metall.“

„Du gibst nie nach, was?“, sagte der Mäuserich. „Ja, ich weiß, dass er verschwunden ist. Unsere Königin hat uns gebeten, nach ihm zu suchen. Ich hatte aber noch keine Zeit dazu.“

„Du könntest bei Mia etwas gutmachen, wenn du dir diese Zeit nehmen würdest“, mischte sich die Prinzessin wieder ein. „Er ist vielleicht in großer Not.“

„Ich muss bei der da nicht unbedingt was gutmachen“, erwiderte Larry. „Aber beim Holzfäller ist das etwas anderes. Hier in diesem Winkel steckt er bestimmt nicht. Ich kann höchstens mal meine weitverzweigte Verwandtschaft fragen.“

„Bitte tu das,“ bat die Prinzessin. „Wir müssen weiter in die

Hauptstadt. Ihr findet uns im Haus oder im Garten des Holzfällers."

„Na gut, für dich will ich es machen", lenkte der Mäuserich ein. „Immerhin bist du weder Katze noch Schlange."

Damit verschwand er in seinem Loch. Mia, die noch immer ihre schmerzende Pfote leckte, schickte ihm ein paar unfreundliche Worte hinterher, aber der Scheuch sagte:

„Na komm, vergiss deinen Ärger. Larry hat sich bloß seiner Haut gewehrt. Ich habe das Gefühl, dass er oder seine Artgenossen uns schon bald helfen werden. Man soll die Kleinen nicht unterschätzen."

Das war kein dummer Gedanke und bewies, dass selbst jemand, der hauptsächlich Gras und Stroh im Kopf hatte, etwas aus den Geschehnissen lernen konnte.

Dann schwang sich Jessica, die jetzt mit Reiten dran war, auf den Löwen und das große Tier schritt wacker voran. Das Mädchen hatte die Katze in den Arm genommen, damit sie ihre gequetschte Pfote schonen konnte. Mia kuschelte sich an sie und vergaß auf diese Weise ein wenig ihren Schmerz und Ärger.

DER HUT DES HOLZFÄLLERS

Sie erreichten das erste Dorf und wunderten sich, niemanden anzutreffen. Weder Frau noch Mann, weder Alt noch Jung – kein Schornstein rauchte, alle Haustüren waren verriegelt.

„Das ist ja mehr als sonderbar", knurrte der Löwe, „was ist hier bloß geschehen?"

„Vielleicht sind sie alle in der Stadt, um ein Fest zu feiern", vermutete Jessica.

„Ein Fest, das kann ich mir nicht vorstellen, es sei denn, unser Herrscher ist wieder aufgetaucht", sagte hoffnungsvoll die Katze.

„Dort ist eine alte Frau, gehn wir hin und fragen sie einfach", schlug Prinzessin Betty vor.

Tatsächlich saß auf einer Bank vor einem der Häuser eine Alte mit Kopftuch und schlief in der Nachmittagssonne. Als sich die fünf näherten, schreckte sie auf und wollte in ihre Hütte rennen. Doch Betty rief:

„Lauf doch nicht weg, gute Frau, du brauchst keine Angst vor uns zu haben. Wir sind friedliche Leute und wollen nur ein paar Auskünfte."

Die Alte verhielt den Schritt, erwiderte aber:

„Ich muss ins Haus und meine Arbeit machen, hab keine Zeit für euch."

„Nur eine Minute, wir haben es selber eilig", bat nun der Scheuch.

Die Frau ließ sich erweichen und blieb stehen. Heftig mit den Augen zwinkernd, fragte sie: „Also, was wollt ihr wissen?"

„Warum ist im Dorf kaum jemand zu sehen?", begann Mia. „Wird etwa ein Fest gefeiert, weil unser Herrscher, der Eiserne Holzfäller, zurückgekehrt ist?"

„Ein Fest, schön wär's", murmelte die Alte. „Nein, unser lieber Holzfäller ist leider nicht wieder aufgetaucht. Der Schatten behauptet, er sei umgekommen, tot."

Die Katze miaute empört:

„Der Schatten gibt hier also tatsächlich den Ton an. Ich glaube aber nie und nimmer, dass unser Herrscher tot ist. Er besteht ja aus Metall, er kann gar nicht sterben.“

Die Frau seufzte.

„Die Schlange hat uns sein Herz gezeigt. Sie sagt, er sei irgendwo verscharrt. Sie sind schrecklich, dieser Schatten und die Schlange. Ihr wollt wissen, warum niemand im Dorf ist? Weil sie alle in den Bergen sind, um Bastindas Schloss wieder aufzubauen. Das ist nämlich in der schrecklichen Hitze kürzlich abgebrannt. Warum seid ihr eigentlich nicht dort? Bis auf ein paar Alte wie mich arbeiten jetzt alle in den Bergen. Der Schatten duldet nicht, dass man sich weigert.“

Der Name Bastinda sagte Betty und Mia nicht viel, auch der Scheuch erinnerte sich nicht an die Hexe, gegen die er vor Jahren mit seinen Freunden gekämpft hatte. Dem Mädchen Jessica jedoch, die ihres Großvaters Berichte im Ohr hatte, und dem Löwen dämmerte einiges. Schließlich war er seinerzeit von der grässlichen Zauberin in einen Käfig gesperrt und eine ganze Weile gefangengehalten worden.

„Sollte dieser Schatten etwas mit der alten Hexe Bastinda zu tun haben?“, sagte der Löwe mehr zu sich selbst.

„Aber ja“, gab die Frau zur Antwort, „das hat die Zauberin ja öffentlich verkünden lassen. Sie sei Bastindas Geist und wiederauferstanden, um im Violetten Land zu herrschen. Die Schlange mit den Bernsteinaugen sei ihre Dienerin. Und dann hat sie noch ein paar Leute zu Generälen ernannt, den Schmied vom Steinhügel zum Beispiel, er ist gerade dabei, eine starke Polizeitruppe aufzustellen.“

Für die fünf war das alles ein bisschen viel, sie brauchten eine Weile, um sich in dieser Geschichte zurechtzufinden. Jessica und der Löwe berichteten, was sie von früher her wussten. Mia dagegen interessierte sich mehr für die Gegenwart. Als die Alte in ihr Haus gegangen war, sagte die Katze:

„Den Schmied vom Steinhügel kenne ich. Das ist kein guter Mensch. Einmal sollte er unser eisernes Gartentor reparieren, aber er hat so viel Geld dafür verlangt, dass ihn der Holzfäller wegschicken musste.“

„Weißt du, wo er wohnt?“ fragte der Löwe.

„Nicht sehr weit von der Hauptstadt weg,“ erwiderte Mia.

„Dann sollten wir ihm vielleicht einen Besuch abstatten und ein paar Fragen stellen,“ schlug Betty vor.

„Glaubt ihr denn, dass wir ihn zu Hause antreffen?“, sagte Jessica zweifelnd. „Er ist wahrscheinlich bei diesem Schloss.“

„Versuchen können wir’s auf jeden Fall“, gab Betty zur Antwort.

Sie kamen durch weitere Dörfer, die genauso ausgestorben dalagen, und erreichten schließlich die Hauptstadt. Östlich davon, am Fuß eines Hügels, befand sich das Haus des Schmiedes. Lelia hatte den Holzfäller vor gar nicht langer Zeit dorthin geführt, um ihm sein gütiges Herz zu rauben. Dort war es gewesen, wo sie sich mit Hilfe des Schattens in den Scheuch verwandelt hatte.

Auch dieses Haus war verriegelt und verschlossen – wie von Jessica vermutet, war der Schmied nicht da. Der Löwe, der sicher-

gehen wollte, brüllte zweimal kurz, um eventuelle Schläfer aufzuwecken, doch niemand meldete sich.

„Und was nun?“, fragte der Scheuch.

„Ich will mal nachsehen, ob ein Dachfenster offensteht“, sagte Mia, „vielleicht findet sich drinnen eine Spur.“

„Eine Spur vom Holzfäller? Das wäre aber ein großer Zufall,“ der Löwe schüttelte den Kopf.

„Ich traue diesem Schmied nicht“, erwiderte die Katze. „Weshalb macht der Schatten ausgerechnet ihn zum General? Sie wollten das Herz unseres Herrschers und haben den Tieren in deinem Land erzählt, dass sie es geraubt hätten. Wenn das stimmt, brauchten sie jemanden, der sich mit Eisen auskennt.“

Der Löwe staunte.

„Das sind Gedanken, wie sie der Weise Scheuch nicht besser haben könnte“, lobte er.

Der Scheuch guckte bei diesen Worten etwas traurig, aber Betty tröstete ihn leise:

„Mach nicht so ein betrübtes Gesicht“, flüsterte sie. „Es ist doch schön, als Beispiel für kluges Denken zu gelten. Und was deine Nadeln angeht, so werden wir sie bestimmt bald wiederfinden.“

Dem Scheuch wurde gleich leichter zumute. Er strengte seinen Kopf an und sagte:

„Vielleicht entdecken wir eher in der Schmiede eine Spur als im Haus.“

„Das ist eine gute Idee“, stimmte Mia zu.

Die Schmiede war gleichfalls verschlossen, doch hinten stand ein kleines Fenster einen Spalt offen und so hatte es Mia nicht schwer, hineinzuschlüpfen. Hier im Dunkeln konnte sie besser sehen als draußen im Sonnenlicht. Zwar lahmte sie noch ein bisschen, aber das hinderte sie nicht daran, überall herumzustöbern.

Zunächst vermochte sie nichts Verdächtiges festzustellen. Da waren der Amboss, die Asche auf dem Herd, der Blasebalg, Zangen,

Hämmer und anderes Arbeitsgerät. Die Asche war ausgeglüht, offenbar hatte hier einige Tage kein Feuer mehr gebrannt. Eisenstücke lagen herum, Stangen, Haken, Hufeisen. Mia schnupperte, es roch nach kaltem Rauch und irgandwann waren wohl Pferde beschlagen worden. Aber eine Spur? Schon wollte sie den Raum enttäuscht wieder verlassen, da stutzte sie. Was ragte dort hinter einer alten Zinkwanne hervor, die mit Wasser gefüllt war? Der Katze stockte fast der Atem. Dieses kurze, dünne Rohr, der Blechkegel darunter ... Mia sauste zum Fenster und nach draußen.

„Ich hab's doch geahnt", rief sie, „ich hab's geahnt."

Die Freunde hatten sich inzwischen etwas hinter dem Haus und im Garten umgesehen. Dort befanden sich Bäume, Büsche, ein Schuppen und eine Grube mit allerlei Gerümpel. Alte Wagenräder sah man, verrostetes Blech und Ketten, Gitterstäbe, zerbrochene Holzbohlen und Tonscherben. Der Scheuch stocherte mit einem Stock darin herum, der Löwe drehte mit der Tatze einen Topf um, den er gerade noch so erreichen konnte, und Jessica schickte sich sogar an, hinabzuklettern, denn sie glaubte, ein Spinnrad zu entdecken.

Betty hielt sie zurück:

„Was willst du damit", sagte sie leicht tadelnd, „wir haben jetzt keine Zeit für so was."

Jessica wollte erklären, dass man vielleicht aus Stroh Gold damit spinnen könnte, wenn man doch im Zauberland war, kam aber nicht dazu. Mia fegte um die Ecke.

„Wo steckt ihr denn?", rief sie. „Ich hab's gewusst, er war hier. Der Holzfäller war in der Schmiede!"

„Hast du ein Zeichen von ihm entdeckt?", fragte aufgeregt der Scheuch.

„Das will ich meinen. Sein Hut liegt da drin. Ich konnte ihn bloß nicht mitbringen, weil er zu schwer für mich ist."

Betty fragte:

„Du hast den Trichter des Holzfällers gefunden? Bist du sicher?"

„Da gibt's überhaupt keinen Zweifel", rief Mia. „Ich kenne jede Beule an seiner Kopfbedeckung. Sogar eine Spur von dem Maschinenöl hab ich noch gerochen, mit dem er sich immer die Gelenke einreibt."

„Hm", brummte der Löwe, „wenn es so ist, muss ihm in der Schmiede etwas zugestoßen sein. Ich kenne meinen Freund. Seinen Hut vergisst er nie und er würde ihn auch niemals freiwillig zurücklassen."

„Vielleicht haben ihn diese Banditen im Haus eingesperrt", vermutete der Scheuch.

Prinzessin Betty überlegte.

„So schrecklich es klingt, aber die alte Frau vorhin hat von etwas anderem gesprochen. Die Hexe habe behauptet, dass der Holzfäller verscharrt worden sei. Möglicherweise stimmt das. Allmählich traue ich dem Schatten und der Schlange alles zu."

„Ich schaue trotzdem im Haus nach", erklärte entschlossen Mia. Sie kletterte auf einen Baum und sprang von dort aufs Dach, wo sie eine offene Luke vermutete. Eine Minute später war sie verschwunden.

Der Löwe stieß ein zorniges Gebrüll aus.

„Verscharrt, verscharrt“, rief er, „mit was für Teufeln haben wir es hier bloß zu tun.“

Plötzlich sagte Jessica:

„Und wenn sie ihn nun getötet und in diese Grube geworfen haben?“

Alle schauten sie an.

„Ich habe auch schon daran gedacht“, murmelte Betty, „ich hatte bloß nicht den Mut, es auszusprechen.“

„Wir müssen sofort diese Grube ausräumen“, rief der Scheuch.

Betty seufzte.

„Das kann Tage dauern. Wenn ich uns anschaue, so besitzt nur der Löwe die nötige Kraft. Schade, dass Dickhaut nicht mitgekommen ist.“

Dennoch kletterten alle in die Grube, wobei sie eine Leiter benutzten, die an einen Pflaumenbaum gelehnt war. Als die Katze, deren Suche diesmal ergebnislos verlaufen war, aus dem Haus zurückkam, flogen ihr von unten Holz- und Eisenteile entgegen. Sie begriff sofort und wollte sich am Ausräumen beteiligen. Doch bevor sie dazu kam, klatschte ihr ein dünnes Drahtseil um die Ohren.

„Wer war das?“, fragte Mia ärgerlich. „Passt doch auf!“

„Entschuldige, das Drahtseil habe ich geworfen“, erwiderte Jessica, „ich hab dich nicht bemerkt. Es soll nicht wieder vorkommen.“

Mia sah sich das Stück Seil genauer an.

„Moment“, rief sie.

„Was ist denn los?“, fragte Betty.

„Kein Zweifel, das ist der Gürtel, in dem unser Herrscher seine Axt stecken hatte“, stellte die Katze fest.

Die anderen hielten jäh im Wühlen inne. Der Scheuch sagte erregt:

„Das würde ja bedeuten ...“

„... dass sie ihn tatsächlich in diese Grube geworfen haben“, ergänzte Betty Strubbelhaar, „und dass wir jetzt alle dort bei Jessica suchen müssen.“

Nun konzentrierten sie sich auf die Stelle, an der der Gürtel des Holzfällers gelegen hatte, und es dauerte nicht lange, da hatten sie erst seinen Kopf, dann Oberkörper und Arme, schließlich auch Unterkörper und Beine ausgebuddelt. Nur die Axt fehlte. Wahrscheinlich hatte der Schmied sie zu seinem eigenen Werkzeug gelegt.

Vorsichtig brachten sie ihren Freund nach oben und alle, sogar der Löwe, vergossen bittere Tränen. Der Eisenmann war aber auch zu

grässlich zugerichtet. Dreckverschmiert, mit einer Riesendelle am Kopf und mit aufgeschnittener Brust. Um einen solchen Anblick ertragen zu können, musste man starke Nerven haben.

„Diese hinterhältigen, gemeinen Verbrecher“, sagte der Scheuch ein ums andere Mal.

Betty fasste sich als erste. Sie bat Jessica, Wasser aus dem Regenbottich am Schuppen zu holen, nahm ihren Seidenschal und wusch den Holzfäller von Kopf bis Fuß ab. Vor allem in der Nase und in den Augen hatte sich Schmutz festgesetzt. Gemeinsam mit dem Mädchen rubbelte sie ihn dann auch noch trocken und putzte den Rost ab, der sich hier und da an seinem Körper zu bilden begann.

Leider gab der Eisenmann bei all diesen Versuchen, ihn wieder auf die Beine zu bringen, keinerlei Lebenszeichen von sich. Mia, die mehrmals erfolglos das Wort an ihn richtete, war ganz verzweifelt. Sie sagte:

„Was nützt es uns, dass wir seinen Körper gefunden haben, wenn das Herz fehlt? Wir können ihn nicht zum Leben erwecken.“

Der Scheuch widersprach ihr:

„Nein, das stimmt nicht. Anfangs, als wir uns kennenlernten, der Löwe, der Holzfäller und ich, hatte er auch kein Herz. Trotzdem lebte er und hat den schlimmen Zusammenstoß mit den Fliegenden Affen überstanden, die seinen inneren Mechanismus zerstört hatten.“

„Und wenn es diesmal nun wieder so ist?“, wandte die Katze besorgt ein.

Betty Strubbelhaar beugte sich erneut über den Holzfäller. Sie tastete ihn ab, soweit sie es vermochte, und sagte dann:

„Es scheint, als sei er noch einigermaßen in Ordnung. Nur die Brust haben sie ihm aufgeschnitten. Die müssen wir wieder schließen.“

„Solange er sein Herz nicht zurück hat, können wir ihm die Brust vielleicht mit Gras ausstopfen“, schlug der Löwe vor.

Die anderen waren einverstanden und Jessica holte einen kleinen Hammer aus dem Schuppen, dessen Tür sich mit etwas Gewalt öffnen ließ. Von ihrem Großvater hatte sie nicht nur Berichte über das Zauberland gehört, sondern auch ein paar handwerkliche Fähigkeiten geerbt. Sie füllte das Loch in der Brust des Holzfällers mit Gras, klopfte vorsichtig das Blech zurecht, so dass sich die Schnittstelle fast schloss, und beulte auch recht und schlecht die Delle am Kopf aus.

Auf diese Weise bekam der Holzfäller ein Grasherz, so wie der Scheuch ein Grashirn erhalten hatte.

Dessen ungeachtet lag er genauso steif und tot da wie vorher.

Die Prinzessin nahm das Goldmoos aus ihrer Umhängetasche, beträufelte es mit Lebenswasser und bestrich dem Eisenmann damit die Brust. Als wäre er verschweißt worden, schloss sich sofort der Riss im Blech. Der Holzfäller schlug die Augen auf.

„Mir tun Kopf und Brust weh“, sagte er, „was ist geschehen?“

Jessica machte vor Freude einen Luftsprung, die Katze miaute glücklich in höchsten Tönen, Betty und der Scheuch fielen sich in die Arme. Auch der Löwe wäre am liebsten herumgehüpft, es gelang ihm nicht, seine Rührung zu verbergen. Er erwiderte:

„Du bist gerettet, das ist geschehen! Was vorher war, müsstest du selber am besten wissen.“

Der Holzfäller richtete sich stöhnend auf.

„Ihr seid alle hier? Das ist großartig! Vorher war nur der Weise Scheuch bei mir. Wir waren auf dem Weg zu Betty, weil er sich mit ihr gestritten hatte. Dann wollte er etwas trinken, wir gingen zu einem Haus und ich bekam einen fürchterlichen Schlag auf den Kopf."

Der Scheuch rief empört:

„Das war ich nicht, ich bin nicht bei dir gewesen. Die Schlange hatte meine Gestalt angenommen. Sie hat die Geschichte mit Betty erfunden, weil sie dich töten wollte. Deshalb sind wir jetzt auch hier."

Es dauerte eine ganze Weile, bis der Holzfäller einigermaßen die Zusammenhänge begriff, denn er wollte einfach nicht glauben, dass die Schlange mit den Bernsteinaugen gemeinsam mit Bastindas Schatten für so viel Unglück verantwortlich war. Als er es endlich verstanden hatte, sagte er ungewöhnlich heftig:

„Wo sind meine Axt und mein Hut? Ich muss sofort nach Hause."

„Wir holen beides aus der Schmiede", erwiderte der Löwe, „wir brechen die Tür auf. Jetzt nehmen wir keinerlei Rücksicht mehr."

Dritter Teil
Die Silberschuhe

EIN BAD IN SIEDENDEM ÖL

Bastindas Schatten und die Schlange Lelia hatten sich im Haus des Eisernen Holzfällers eingenistet. Eigentlich gefiel es ihnen gar nicht, die Zimmer waren viel zu hell und freundlich. Die Hexe vor allem liebte dunkle Winkel und Räume, zwar prachtvoll ausgestattet, aber muffig und finster. Dort konnte sie ihre Zaubertränke und Mixturen am besten zubereiten.

Für das Schloss, das die Zwinkerer neu errichten sollten, hatte sie auch solche Keller und Gemächer vorgesehen, aber bis sie fertig waren, würde noch eine Weile vergehen. Andererseits war das Haus des Holzfällers jedoch wichtig, weil er dort ja seine Regierungsgeschäfte erledigt hatte. Neue Herrscher legen oft Wert darauf, ihre Macht an Orten zu zeigen, wo vorher die Besiegten gewirkt hatten.

Nachdem Hexe und Schlange das Herz des Holzfällers sowie das Gehirn des Scheuchs an sich gerissen, nachdem sie den Löwen um seinen Mut gebracht hatten, war Bastinda vor die Zwinkerer hingetreten und hatte erklärt, dass ab jetzt ein anderer Wind wehe. Die Leute hätten genug herumgefaulenzt und für ihre eigenen Interessen gewirtschaftet, nun sei es an der Zeit, wieder Dienste zu tun. Sie sei die ursprüngliche Herrscherin des Landes und als sehr lebendiger Geist wieder auferstanden. Ihre Macht und Gefährlichkeit könnten alle an ihrem großen Sieg über Holzfäller, Scheuch und Löwe sehen.

Die Zwinkerer waren über die Rückkehr der Hexe natürlich entsetzt, sie erinnerten sich ja noch an Bastinda. Einige von ihnen wollten sich auch gegen ihre Herrschaft auflehnen, griffen zu Knüppeln und Äxten, konnten aber nichts ausrichten. Hermosa zum Beispiel, die dicke, herzensgute Haushälterin des Holzfällers, war so empört über die Unverschämtheit des Schattens, dass sie mit dem Besen auf ihn losging. Die Hexe hatte für diesen Angriff allerdings nur Spott übrig und wollte sowieso ein abschreckendes Beispiel schaffen. Sie ließ einen ihrer Zaubersprüche los. Mit einem „Knoxifax, Rexinox, Faxilex“ verwandelte sie die arme Hermosa in einen Stein, den die zu Tode erschrockenen Zwinkerer später auch noch in den Garten tragen mussten, wo er der sengenden Sonne, dem Wind und dem kalten Regen ausgesetzt war.

Auch Knubbel, dem Zwinkerer mit der Knollennase, der noch vor kurzem der silbernen Schlange vertrauensvoll den Weg zu seinem Herrscher gezeigt hatte, erging es schlecht. Als er hörte, was in der Hauptstadt geschehen war, rannte er, ohne lange zu überlegen, zum Haus des Holzfällers, um Lelia zur Rede zu stellen. Er traf sie im Garten an, wo sie es sich auf einem großen gelbseidenen Kissen bequem gemacht hatte. Zwei junge Mädchen mussten ihr mit Farnwedeln Luft zufächeln und sie mit Weißbrot und süßer Milch verwöhnen.

Knubbel stellte sich vor die Schlange hin und rief:

„So ist das also, so vergiltst du den Dienst, den ich dir erwiesen habe, als ich dich zum Eisernen Holzfäller führte. Du und diese Hexe, ihr bringt unseren großmütigen Herrscher einfach um.“

„Nicht nur das“, erwiderte die Schlange ungerührt, „wir werden auch die alte Ordnung wiederherstellen und Leute wie dich zu unseren Sklaven machen.“

Diese Worte erzürnten Knubbel über alle Maßen.

„Das habt ihr euch so gedacht“, schrie er erregt, „aber wir sind auch noch da, das wirst du gleich sehen!“ Und er holte einen Knüppel hinter seinem Rücken hervor, um Lelia damit einen kräftigen Hieb zu verpassen.

Die Schlange besaß zwar nicht Bastindas Zauberkräfte, war aber stark und gewandt. Blitzschnell wich sie der Attacke aus und stürzte sich ihrerseits auf den Zwinkerer. Sie umschlang seinen Arm und dann seinen ganzen Körper, so dass er den Knüppel fallen lassen musste. Als sie ihn noch am Hals würgte, fiel er ohnmächtig zu Boden.

Zu seinem Glück hielt ihn Lelia für tot. Sie stieß ein verächtliches Zischen aus und sagte zu den Dienerinnen:

„So wird es jedem ergehen, der sich mit uns anlegt. Schafft ihn mir aus den Augen.“

Eilig trugen die Mädchen Knubbel zu sich nach Hause, brachten ihn mit Riechsalz wieder zur Besinnung. Dann gaben sie ihm etwas zu essen und zu trinken, so dass er allein zu Frau und Kindern zurückkehren konnte.

Die Schlange fühlte sich im Garten des Holzfällers wohl, Bastinda aber wartete sehnlichst darauf, in ihr Schloss einzuziehen. Sie trieb die Zwinkerer zur Eile an und hatte nicht ohne Grund alle verfügbaren Arbeitskräfte in die Berge beordert. Die Polizeitruppe, die der Schmied und ein paar mit Geld bestochene Nichtsnutze aufstellten, sollte auch dazu dienen, die Leute bei ihrer Fron zu überwachen.

Die Hexe war unruhig – gerade heute waren erstaunliche Nachrichten an ihr Ohr gedrungen. Von einem alten Raben hatte sie erfahren, dass der Scheuch wieder zusammengeflickt worden und mit seiner Frau auf dem Weg zum Tapferen Löwen sei. Von den Säbelzahntigern, die sie zu Statthaltern im Tierreich ernannt hatte, kam die Botschaft, dass Jessica, tatsächlich die Enkelin des einst mächtigen Zauberers Goodwin und unterwegs zu ihr sei. Auch der Löwe, den sie längst erledigt und in der Erde verscharrt glaubte, sollte sich bei dieser Gelegenheit gezeigt haben. Selbst wenn nur die Hälfte von diesen Berichten stimmte, war es für sie schlimm genug.

Wenn ich diesmal nicht aufpasse, ist es endgültig um mich geschehen, dachte sie. Ein zweites Mal kann ich nicht wieder auferstehen, selbst als Geist nicht.

Obwohl sie sich nicht erklären konnte, wie der Löwe und der Scheuch ins Leben zurückgekehrt waren, glaubte Bastinda fest, mit ihnen fertig zu werden. Wir haben ihnen den Mut und die Klugheit genommen, dachte sie, das müsste reichen. Bloß bei dem Mädchen Jessica war sie im Zweifel. Vielleicht besaß sie gleichfalls Zauberkräfte, die Tiger hatten so etwas behauptet. Besser, ich bereite mich schon jetzt auf eine Begegnung vor, sagte sie sich.

Die Hexe fürchtete besonders das Wasser, denn durch einen Eimer Wasser war sie von Elli damals ausgelöscht worden. Um sich dagegen zu wappnen, gab es nur ein einziges Mittel: Sie musste in siedendem Öl baden. Das hatte sie auch schon früher gewusst, aber nie den Mut gehabt, in so einen kochenden Bottich zu steigen. Da sie jetzt ein Geist war, wollte sie es wenigstens versuchen.

Bastinda befahl den Zwinkerern also, Öl aufzusetzen und es zum Brodeln zu bringen. Dann ließ sie es in eine eiserne Wanne kippen, die sie unter den Gerätschaften des Holzfällers gefunden hatte. Nachdem sie die Dienstboten hinausgewiesen hatte, überwand sie sich und fuhr mit ihrer durchscheinenden, Fingerspitze kurz durch die dampfende Flüssigkeit. Erleichtert stellte sie fest, dass sie keinerlei Schmerz empfand.

Die Hexe tauchte die Hand ein und zog sie sofort wieder heraus. Auch diesmal hatte sie nichts gespürt. Nun galt es, die Probe aufs Exempel zu machen: Trotz ihres Widerwillens gegen Wasser hatte sie einen Zuber voll bereitstellen lassen. In den tauchte sie nun ihren kleinen öligen Finger.

Er nahm keinen Schaden, die Probe war bestanden!

„Es funktioniert, es funktioniert", rief Bastinda triumphierend und begann in der Stube herumzutanzen. Dann besann sie sich, tauchte mit einem Satz in das siedende Öl ein und setzte sich im nächsten Augenblick in den Wasserzuber. Diesen Vorgang wiederholte sie mehrmals, wobei kein Tropfen Wasser oder Öl verspritzt wurde, denn sie war ja ein Gespenst.

Die Schlange auf ihrem Seidenkissen hörte die schrillen Freudenrufe, kroch zum Haus und schaute durchs offene Fenster.

„Was treibst du da?", fragte sie erstaunt. „Soll das ein Spiel sein?"

„Unsinn", erwiderte die Hexe, „ich spiele nie. Aber mir ist soeben ein Kunststück gelungen. Ab heute kann mir Wasser nichts mehr anhaben."

„Das ist doch nichts Besonderes", sagte Lelia. „Ich bin schon durch Bäche und sogar durch den Fluss in der Nähe der Smaragdenstadt geschwommen, ohne Schaden zu nehmen."

Bastinda winkte ab.

„Das verstehst du nicht, weil du eine gewöhnliche Kreatur bist. Für Hexen wie mich ist Wasser eine riesige Gefahr."

„Ich bin keine gewöhnliche Kreatur", erklärte die Schlange beleidigt.

„Oh doch", sagte Bastinda, „das bist du. Ich brauche dich bloß in diese Wanne mit siedendem Öl zu werfen und schon verschmorst du bei lebendigem Leib. Wollen wir's probieren?"

Lelia fuhr zurück. Sie wollte sich sofort aus dem Staub machen, aber der Schatten befahl ihr zu bleiben.

„Ich habe einen Auftrag für dich", erklärte Bastinda.

„Soll ich ins Tierreich, um mich zur Königin krönen zu lassen? Du hast es versprochen.“

„Das hat noch Zeit. Ich habe erfahren, dass sich der Scheuch und der Tapfere Löwe auf dem Weg hierher befinden. Sie sind wieder zum Leben erweckt worden. Wahrscheinlich hat die Enkelin des Zauberers Goodwin ihre Hand im Spiel.“

Die Schlange erschrak erneut. Vor allem bei der Erinnerung an den Löwen wurde ihr unbehaglich.

„Auf dem Weg hierher? Was wollen sie?“

„Dreimal darfst du raten“, erwiderte Bastinda. „Man braucht nicht viel Grips, um es herauszufinden. Nach dem, was wir mit ihnen angestellt haben, werden sie wissen wollen, wie es dem Holzfäller geht. Kann sein, dass sie sich darüber hinaus mit uns anlegen möchten.“

„Du wirst hoffentlich mit diesem Löwen fertig“, sagte Lelia.

„Hast du Angst vor ihm? Ich denke, du willst in seinem Reich Königin werden. Da wirst du ihn vorher ausschalten müssen.“

Die Schlange zischte ärgerlich.

„Ich habe keine Angst vor dieser gelben Katze.“

„Du wirst es wahrscheinlich bald beweisen können“, spottete die Hexe. „Aber sei unbesorgt, ich bin bei dir. Im Augenblick geht es freilich erst einmal darum, unsere Trümpfe zu sichern. Ich möchte, dass du zum Hügel hinter der Schmiede kriechst und mir das Herz des Holzfällers und das Gehirn des Scheuchs aus dem Versteck holst. Bring beides hierher, ich denke, wir können es brauchen.“

„Sollten wir dieses Herz und das Gehirn nicht lieber vernichten?“, fragte Lelia.

„Nein“, entgegnete Bastinda, „noch nicht. Du wirst es so machen, wie ich es dir aufgetragen habe.“

LELIA BEKOMMT ÄRGER

Die Schlange begab sich auf den Weg. Im Maul trug sie ein kleines Täschchen, in dem sie Herz und Gehirn verstauen wollte. Das behinderte sie zwar beim Vorankommen, aber wie sollte sie es anders machen. Den Kopf hochhaltend, schlängelte sie sich behende durch Gras und Sand. Dabei gab sie sorgfältig Obacht, ob vielleicht schon der Scheuch und der Löwe in der Nähe wären. Zu ihrer Erleichterung lag das Land jedoch wie ausgestorben da.

Das Haus des Schmiedes, wo sie dem Eisernen Holzfäller so böse mitgespielt hatte, lag totenstill da und sie wollte schon weiter, als sie plötzlich die Schuppentür quietschen hörte. Lelia legte ihr Täschchen ins Gras und näherte sich vorsichtig dem Gebäude.

Wieder ein Quietschen, die Tür stand halb offen und wurde vom Wind hin und her bewegt.

Lelia glitt ins Innere des Schuppens, konnte aber keine Menschenseele entdecken. Sollte der Schmied vergessen haben, die Tür zu verriegeln? Die Hacken und Schaufeln jedenfalls standen ordentlich in der Ecke, die Sägen, Hämmer, Zangen hingen an den Wänden, ganz wie es sich gehörte.

In Wirklichkeit aber fehlte die Axt des Holzfällers, denn es war kaum eine Stunde her, dass die Freunde den Ort verlassen hatten, um in die Hauptstadt des Violetten Landes zu eilen.

Die Schlange schaute noch in die Schmiede, deren Tore gleichfalls halb offen standen, weil der Holzfäller auch seinen Hut, den Trichter, wieder an sich genommen hatte. Nun wunderte sich Lelia doch. Womöglich waren Diebe auf dem Grundstück gewesen. Beruhigend war hingegen, dass die Türen des Hauses selbst fest verschlossen waren.

Was geht's mich an, dachte Lelia schließlich. Sie kroch zurück zu ihrer Tasche und traute kaum ihren Augen. Auf dem Täschchen saß frech eine Maus.

Die Bernsteinaugen der Schlange begannen zu glitzern, ihr blauer Kopf schillerte doppelt so stark wie sonst.

„Ich sehe wohl nicht recht", zischte sie. „Du wagst es, dich auf mein Eigentum zu setzen?"

„Warum nicht?", erwiderte die Maus gelassen. „Die Tasche ist aus gutem Leder und würde sich hervorragend für ein schickes Mäuseledersofa eignen."

„Mäuseledersofa! Das würde noch fehlen. Ich werde dich lehren, so mit meinen Sachen umzugehen." Die Schlange stürzte sich mit einer blitzschnellen Bewegung auf die Maus.

Doch die sprang genauso schnell zur Seite und saß, als wäre nichts geschehen, zwei Meter weiter vor einem winzigen Mauseloch.

Lelia begriff, dass sie das kleine Tier so nicht erwischen würde. Kürzlich war ihr das schon einmal mit einer Maus passiert. Sie kniff die Augen zusammen. Plötzlich glaubte sie zwischen diesen beiden Nagern sogar eine Ähnlichkeit festzustellen.

„Hör mal", säuselte sie, „könnte es sein, dass wir uns kennen?"

„Kennen wäre zuviel gesagt. Möglich, dass wir uns vor kurzem schon mal begegnet sind."

„Jetzt weiß ich's wieder", zischte die Schlange, die sich nicht beherrschen konnte. „Deinetwegen hätte mir fast eine Mausefalle die Zunge abgequetscht. Sieh dich vor, irgendwann werde ich dich auffressen."

„Da musst du früher aufstehen", sagte die Maus verächtlich. „Dummköpfe wie dich leg ich noch allemal herein. Ich bin Larry, der Katzenschreck und Schlangentöter. Du solltest dir meinen Namen merken."

„Schlangentöter, bist du noch bei Trost? Du aufgeblasener Zwerg. Was willst du gegen eine wie mich ausrichten?" Lelias Stimme war ein einziges Pfeifen.

„Was ich ausrichte, wirst du schon noch sehen". Damit verschwand Larry in seinem Loch und ward nicht mehr gesehen. Wenigstens für den Augenblick nicht.

Lelia war so verärgert und aufgebracht, dass sie ihm am liebsten nachgekrochen wäre. Dazu aber war sie viel zu dick. Sie brauchte eine Weile, um sich zu beruhigen. Mit diesen Mäusen werden wir als erstes aufräumen, wenn wir im Schloss wohnen, sagte sie sich. Sie kommen Bastinda gerade recht für ihre Suppen und Zaubertränke. Es gibt viel zu viel von diesem Pack im Violetten Land.

Sie verließ das Grundstück des Schmiedes und kroch den Hügel hinauf. Die Stelle, an der das rote Seidenherz des Holzfällers und der kleine Beutel mit Kleie und Nadeln aus dem Kopf des Scheuchs vergraben waren, befand sich unweit der Dornenhecke am Fuß einer Rotbuche. Lelia war erst vor kurzem hier gewesen und hatte beides in einer Blechbüchse verstaut, um es vor der Witterung zu schützen. Diese Büchse holte sie jetzt heraus. Sie überzeugte sich, dass alles unversehrt war, und steckte die Dose in ihr Täschchen. Erst dann tat sie, was sie schon früher hätte machen sollen – sie schaute sich um, ob auch niemand den Vorgang beobachtet hatte.

Kein Zwinkerer war in der Nähe, kein Vogel saß im Baum, weder Fuchs noch Hase zeigten sich auf dem Hügel. Befriedigt wollte die Schlange den Ort wieder verlassen, da erstarrte sie zum zweiten Mal heute. Wütend fing sie zu zischen an. Ein paar Meter entfernt, dort wo die Dornenhecke begann, saß erneut das dreiste Mäusevieh.

„Oh nein“, quetschte Lelia mit Geifer ums Maul hervor, „das gibt es nicht. Du spionierst mir nach!“

Larry war die Ruhe in Person.

„Wir Mäuse sind wissbegierig. Ich informiere mich nur über das, was du so treibst.“

„Dir werd ich beibringen ...“, legte die Schlange los, verstummte aber gleich wieder. Mit Ungestüm war bei diesem frechen Ding nichts auszurichten. „Das hier ist bestimmt nicht interessant für deinesgleichen“, setzte sie, scheinbar umgänglicher, fort. „Und es geht dich nichts an.“

„Kann man's wissen?“, erwiderte Larry gelassen. „Was Katzen und Schlangen interessiert, betrifft im Allgemeinen auch unsereinen.

Lelia hätte den aufdringlichen Mäuserich liebend gern geschnappt, um ihm für seine Reden das Fell über die Ohren zu ziehen, doch wie sollte sie das anstellen? Larry saß keine drei Trippelschritte von seinem Loch entfernt. Er beobachtete jede ihrer Bewegungen.

Sie versuchte dennoch unauffällig an ihn heranzurücken und, als er das bemerkte, ihn mit starrem Blick an seinem Platz festzunageln. Mit dieser Methode hatte sie fast immer Erfolg.

Doch Larry war eben Larry.

„Gib dir keine Mühe“, erklärte er, „bei mir helfen solche Tricks nicht. Dein Getue langweilt mich. Deine Augen sind zwar gelb wie Bernstein, aber ich schau mir lieber die meiner Frau an.“ Mit diesen Worten schickte er sich an zu verschwinden.

Das war zuviel für Lelia. Aus dem Stand schoss sie nach vorn, das Maul weit aufgerissen. Und sie hätte Erfolg gehabt, wäre der Mäuserich sitzen geblieben oder wie vorhin zur Seite gesprungen. Doch Larry war schlau, er hütete sich, die gleiche List zu wiederholen. Stattdessen hüpfte er nur ein Stück zurück und gab damit einen Dornenzweig frei, den er mit seinen Pfoten bisher am Boden festgehalten hatte. Der Zweig fuhr der Schlange entgegen und peitschte ihr jäh das Gesicht. Ja, mehr noch, ein Dorn von zwei Zentimetern Länge bohrte sich ihr in die Nase. Vor Schmerz heulte Lelia auf, warf den Kopf hoch und brach dadurch den Stachel ab.

Die Schlange sah Sterne. Es tat so weh, dass sie den Kopf wie verrückt hin und her wiegte, mit dem Schwanz auf den Boden schlug, sich ringelte und krümmte. Erst nach einigen Minuten wurde es etwas besser, ohne dass der Schmerz ganz verschwand.

Die Maus war immer noch da. Sie beobachtete Lelias Bewegungen aufmerksam und sagte:

„Ich habe dich gewarnt. Du wolltest ja nicht hören.“

„Du hinterhältiges kleines Biest!“

„Und wie soll ich dein Verhalten bezeichnen?“, erwiderte Larry. „Ich habe mich nur verteidigt. Aber wie ich dich einschätze, nimmst du sowieso keine Lehren an.“

„Das wirst du mir büßen!“, zischte Lelia.

„Das wird sich herausstellen. Jetzt muss ich erst mal weiter.“

„Ich krieg dich, ich zerfetze dich, ich zieh dir die Haut ab“, geiferte die Schlange.

Larry würdigte sie keiner Antwort mehr und tauchte in sein Loch ab.

Nur das Gras zitterte ein wenig an der Stelle, wo er gerade gesessen hatte.

Was sollte Lelia tun, um den Stachel herauszuziehen? Sie fuhr mit der Zunge wieder und wieder über die Nase, doch was half das schon. Schließlich gab sie es auf, nahm wütend ihr Täschchen ins Maul und trat den Heimweg an.

„Vielleicht kann mir Bastinda helfen, diesen schlimmen Stachel loszuwerden“, wimmerte sie. Mühsam quälte sie sich vorwärts. Unterwegs aber kam ihr eine andere Idee. Nicht weit entfernt befand sich ein Dorf. Bestimmt waren nicht alle Leute am Schloss.

Hoffnungsvoll glitt sie die Dorfstraße entlang. Was für ein trostloses Bild. Alle Häuser waren verrammelt, nirgends drang Rauch aus den Schornsteinen. Ein paar Bewohner wenigstens hätte die Hexe von der Zwangsarbeit befreien können, dachte Lelia, man kommt sich ja ganz verlassen vor. Vor allem, wenn man so verwundet ist wie ich. Sie bedauerte sich mächtig und hätte am liebsten zu heulen angefangen. Plötzlich jedoch entdeckte sie einen Zwinkerer mit Stock und weißem Bart. Sie kroch hastig hinter dem Alten her und erwischte ihn am Hosenbein. Der Mann wäre vor Schreck fast hingefallen.

„Wa... was willst du von mir?“, stotterte er, als er sich etwas gefasst hatte.

„Du weißt, wer ich bin?“, fragte Lelia drohend.

„Ja. Die gefährli... ich meine, die Schlange mit den Bernsteinaugen, die unseren lieb... ich will sagen, die den Holzfäller abgemur... abgesetzt hat.“

Lelia begriff, dass der Alte sie nicht mochte, aber Angst hatte. Das genügte ihr.

„So ist es. Und du bist auserwählt, mir zu helfen.“

„Wie kann ich armer Alter dir helfen?“, stammelte der Mann.

„Siehst du den Stachel zwischen meinen Augen? Er bereitet mir große Schmerzen. Pack ihn mit deinen Fingern und zieh ihn heraus“,

zischte die Schlange.

Der Zwinkerer hätte den Stachel wohl lieber noch tiefer ins Fleisch gedrückt, Schadenfreude blitzte in seinen Augen auf. Er murmelte: „Meine Finger sind alt und ungeschickt. Ich würde den Dorn bloß abbrechen. Du brauchst einen Arzt.“

„Ein Arzt ist nicht da“, erwiderte Lelia. „Du wirst mich von dem Stachel befreien, sonst geht es dir schlecht.“ Sie riss das Maul auf und zeigte ihren Giftzahn.

Was blieb dem Alten übrig? Er hockte sich hin und fasste vorsichtig nach dem Dorn. Mit einem Ruck zog er ihn heraus.

Die Schlange stieß einen Schrei aus, es hatte sehr weh getan. Sie war drauf und dran, den Mann trotzdem zu beißen, besann sich aber, denn der Schmerz ließ nach.

„Dein Glück, dass du den Stachel nicht abgebrochen hast!“

Der Zwinkerer gab keine Antwort. Er machte, dass er wegkam, humpelte schnell in sein Haus.

Lelia ließ ihn gehen. Er hatte seine Schuldigkeit getan. Obwohl sie sich nach dieser Operation schwach und müde fühlte, kroch sie langsam weiter, dem Haus des Holzfällers zu.

DIE KAMPFANSAGE

Früher hatte Bastinda ein Auge gehabt, mit dem sie das ganze Land überblicken konnte. So hatte sie zum Beispiel das Mädchen Elli mit ihren Freunden schon von weitem ausgemacht und ihnen reißende Wölfe, Killerbienen und Krähen mit Eisenschnäbeln entgegengeschickt, um sie umzubringen. Die Sache hatte letztendlich nicht geklappt, der Löwe, der Scheuch und der Holzfäller hatten sich entschieden zur Wehr gesetzt, so dass die gefährlichen Tiere und Insekten selbst ihr Leben lassen mussten. Die Hexe hatte schließlich ihre Fliegenden Affen gerufen, um wenigstens vorübergehend den Sieg davonzutragen.

Zu ihrem Leidwesen verfügte Bastinda nicht mehr über diese Möglichkeiten. Trotzdem beherrschte sie noch allerlei Zaubertricks und fühlte sich, nachdem Wasser ihr nichts mehr anhaben konnte, sehr stark. Unruhig machte sie bloß, dass sie nicht wusste, wo Jessica und ihre Freunde zur Zeit steckten.

„Ich spüre, dass sie bereits in der Nähe sind", murmelte sie, während sie nervös im Haus herumflirrte. „Vielleicht haben sie sogar diesen Eisenkerl wieder ausgegraben. Ich muss herausbekommen, wo sie sind und was sie vorhaben."

Sie schickte einen Zwinkerer in die Berge und ließ den Schmied holen, dem seine neue Rolle gut gefiel. Er hatte sich eine Uniform mit Silberknöpfen, glänzende schwarze Stiefel und einen Helm anfertigen lassen. Über der violetten Jacke trug er eine goldene Schärpe. An seiner linken Seite baumelte ein Degen.

Der Schmied hieß Ruppert und hatte vor nichts und niemanden Respekt außer vor der Hexe. Da sie ein Schatten war, hätte er sie mit seinen kräftigen Fäusten nie fassen können, gegen ihre Zauberei war er machtlos. Doch es ging ihm gut, solange er ihren Willen erfüllte. Unter dem Eisernen Holzfäller als Herrscher wäre er nie zu solcher Macht gelangt.

„Ich habe eine Aufgabe für dich", krächzte die Hexe, als Ruppert vor ihr stand. „Es sind Leute ins Land gekommen, die unser Werk in Gefahr bringen. Zwar glaube ich nicht, dass sie mir ernstlich etwas anhaben können, aber es ist möglich, dass sie Schaden anrichten."

„Wer sind diese Leute und wo halten sie sich auf?" Der Schmied griff nach seinem Degen.

„Es handelt sich um ein Mädchen namens Jessica, um die Strohpuppe Scheuch, die wir schon ein paarmal gerupft haben, die aber anscheinend sieben Leben hat, um den sogenannten Tapferen Löwen und andere Personen. Ich kann nur hoffen, dass nicht auch der Eiserne Holzfäller wieder auferstanden ist."

„Wie sollte er das?", sagte der Schmied. „Ich habe ihm die Brust aufgeschnitten und ihn hinterm Haus zu anderem Gerümpel in eine Grube geworfen."

„Du Narr", erwiderte die Hexe. „Du weißt, dass im Zauberland die unmöglichsten Dinge passieren. Ich hatte dir befohlen, ihn zehn Klafter tief in der Erde zu verscharren."

„Ich bin bisher nicht dazu gekommen, hatte in der letzten Zeit eine Menge zu tun", entschuldigte sich der Schmied kleinlaut.

„Falls du meine Anordnungen noch einmal missachtest, werde ich dich zur Strafe zu Stein verwandeln, merk dir das!"

Der Schmied duckte sich.

„Es wird nicht wieder vorkommen, Herrin", murmelte er.

Bastinda war etwas besänftigt.

„Also hör zu. Du nimmst all deine Leute und suchst die Umgebung ab. Dieses Pack ist wahrscheinlich schon in der Nähe. Wir müssen es aufspüren."

„Zu Befehl!", der Schmied schlug die Hacken zusammen.

„Dann geh jetzt."

Als der Schmied verschwunden war, schwirrte die Hexe zur Haustür, um nach Lelia Ausschau zu halten. Wo bleibt das Schlangenvieh bloß, dachte sie, wie lange braucht sie für die paar Kilometer zum Hügel. Sie flirrte zum Gartentor und blickte auf die Straße. Plötzlich hörte sie hinter sich ein Miau.

Bastinda fuhr herum, doch im Garten war niemand. Oder huschte dort etwa eine schneeweiße Mieze durchs Gebüsch? Im Nu war der Schatten bei dem Strauch, konnte aber nichts Verdächtiges entdecken. Nur ein großer grauer Felsblock lag im Gras: Hermosa, die zu Stein gewordene ehemalige Haushälterin des Eisernen Holzfällers.

Es wird die Katze der Dicken gewesen sein, sagte sich die Hexe,

wahrscheinlich trauert sie der Milch nach, die ihr nun keiner mehr in den Napf schüttet. Geschieht dem kleinen Biest ganz recht. Sie hat uns anfangs ziemlichen Ärger gemacht. Wenn ich sie erwische, werde ich sie in den Kochkessel werfen.

Das Miauen wiederholte sich nicht und der Schatten kehrte ans Gartentor zurück. In der Ferne tauchte nun endlich die Schlange auf. Sie trug das Täschchen im Maul.

Die Hexe war sofort bei ihr.

„Wo hast du die ganze Zeit gesteckt? Hast du die Sachen?“

„Sie sind in der Tasche“, erwiderte Lelia. „Ich hatte mich an einem Dorn gestochen und musste ihn mir von einem alten Zwinkerer herausziehen lassen.“ Sie verriet nicht, dass sie von einer kleinen lächerlichen Maus ausgetrickst worden war.

„Das sieht dir ähnlich“, krächzte Bastinda. „Ungeschick lass grüßen.“

„Wo soll ich das Herz des Holzfällers und das Hirn der Strohpuppe hinlegen?“, fragte Lelia.

„Schließ sie im Haus in den großen Eichenholzschrank ein. Die Katze der ehemaligen Haushälterin schleicht hier herum. Es wäre schlecht, wenn sie die beiden Dinge entdeckt.“

„Gut“, zischte die Schlange, „ich schließe sie ein und ruhe mich dann ein wenig aus. Übrigens soll sich dieses Katzenvieh ja nicht von mir sehen lassen. Ich habe noch ein Hühnchen mit ihm zu rupfen.“

Sie gingen ins Haus und nachdem Bastinda den Inhalt der Blechbüchse überprüft hatte, schloss Lelia die Sachen ein. Dann rollte sie sich auf ihrem Lieblingskissen zusammen und war sofort eingeschlafen.

Die Hexe dagegen fand keine Ruhe. Sie sauste weiter durchs Haus und einmal, als sie gerade zur Dachluke hinausspähte, hörte sie nicht weit entfernt ein dumpfes Brüllen. Der Löwe, durchfuhr es sie, ich hab's doch gewusst, er ist in der Nähe.

In ihrer jetzigen Gestalt konnte er ihr nichts anhaben. Trotzdem passte ihr die Sache nicht. Er wird die Zwinkerer gegen mich aufbringen, sagte sie sich. Am liebsten wäre sie zu der Stelle gehuscht, von der das Gebrüll ausgegangen war, aber wahrscheinlich hatte der

Vierbeiner längst seinen Standort gewechselt. Es war im Wald gewesen und dort gab es viele Möglichkeiten, sich zu verstecken.

Sie überlegte noch, da erschallten von der anderen Seite her, aus dem nahen Hügelland, Axtschläge. Bastinda fuhr auf und sauste zum gegenüberliegenden Fenster. Unmöglich, dass einer der Zwinkerer einen Baum umschlug, die hatte sie alle zum Schlossbau geschickt. Es musste der Eiserne Holzfäller sein. Also hatten ihn die anderen doch wieder zusammengeflickt.

Den Holzfäller konnte die Hexe nicht in Stein verwandeln, er war ja kein menschliches Wesen. Sie brauchte die Hilfe des Schmiedes und seiner Gesellen, um ihn unschädlich zu machen.

„Sie sollen ihn aufspüren und herbringen!", rief sie wütend.

Doch der Schmied hörte sie nicht. Er suchte den Löwen, den Scheuch und den Holzfäller irgendwo in der Stadt.

Erneut ertönte, an einer ganz anderen Stelle, Löwengebrüll und als Echo hallten Axtschläge durch die Nachmittagsstille. Laut und herausfordernd. Da begriff Bastinda, dass ihr der Kampf angesagt war.

MINNI, DIE BRAUNE SPINNE

Zwei Wege führten von der Schmiede zum Haus des Holzfällers. Der eine ging durch das Dorf, in dem sich Lelia von dem alten Zwinkerer hatte den Dorn herausziehen lassen, der andere, der etwas kürzer war, über Hügel und Felder. Nachdem der Holzfäller wiedererweckt war, hatten die Freunde den zweiten Weg gewählt.

Der Eisenmann mit der Axt in der Hand stürmte voran, an seiner Seite trippelte aufgeregt der Scheuch. Ein paar Meter dahinter folgten, auf dem Löwen reitend, Prinzessin Betty, Jessica und die Katze Mia.

Der Holzfäller hatte es so eilig, weil er die verräterische Schlange zur Rede stellen wollte. Auch den geheimnisvollen Schatten, von dem ihm die Freunde erzählt hatten, wollte er wegen seiner Schandtaten zur Rechenschaft ziehen. Irgendwie würde er es schaffen, er musste nur erst einmal in sein Haus gelangen.

Den Scheuch trieb es gleichfalls mächtig voran. Einerseits weil er seinem Freund zur Seite stehen wollte, andererseits weil er hoffte, bald seine Klugheit zurückzubekommen.

Nach ein paar Kilometern kamen sie an einer alten, ziemlich verfallenen Scheune vorbei. Die müsste mal auf Vordermann gebracht werden, dachte der Holzfäller, obwohl er eigentlich Wichtigeres im Kopf hatte. Einige neue Bretter und Balken wären nötig. Er verhielt für einen Augenblick den Schritt und der Scheuch blieb ebenfalls stehen. Plötzlich sauste vom Dach der Scheune ein Netz herab. Dünnmaschig und stabil fiel es über die beiden und machte sie für Sekunden kampfunfähig. Gleichzeitig aber lief blitzschnell ein spinnenartiges Tier die Wand herab, packte ein feines Seil am Ende des Netzes und zog es damit zu. Mit dem Seil im Maul rannte es wieder hinauf aufs Dach.

Das alles war so schnell gegangen, dass Betty und die anderen nur

staunen und erschrecken konnten. Bevor der Löwe zum Eingreifen kam, saß das Tier schon wieder in luftiger Höhe.

Der Scheuch und der Holzfäller, dessen Axt in der Enge nicht zu gebrauchen war, versuchten verzweifelt, sich zu befreien. Sie wollten die Maschen des glitzernden Netzes zerreißen, doch die schienen aus Stahl zu sein.

Selbst der Löwe mit seinem kräftigen Gebiss und den scharfen Krallen war machtlos. Im Gegenteil, er brach sich daran eine seiner Krallen ab.

Die Spinne sah mit einem hämischen Grinsen auf das Treiben unten. Sie war braun, haarig, und etwa so groß wie ein Kaninchen. Sie zog an dem Seil, wodurch die beiden Opfer noch mehr eingeschnürt wurden.

„Was soll das?“, rief der Scheuch, der sich kaum noch bewegen konnte. „Was willst du von uns, lass uns frei.“

„Kommt nicht in Frage. Ich bin hungrig und werde euch fressen.“

„An uns hast du keinen Genuss“, schnaufte der Eisenmann. „Wir sind nicht aus Fleisch und Blut.“

„Nicht aus Fleisch und Blut?“, die Spinne war verblüfft. „Woraus dann?“

„Aus Eisen und Stroh, kannst ja mal kosten“, der Holzfäller steckte einen Finger durch das Netz.

Die Spinne überlegte. Dann sagte sie jedoch:

„Du willst mich bloß hereinlegen. Ich werde euch zappeln lassen, bis ihr erschöpft seid. Dann findet sich schon eine Möglichkeit, euch zu verspeisen.“

Betty, Jessica und Mia waren vom Rücken des Löwen gesprungen. Gemeinsam mit ihm versuchten sie den Faden zu zerreißen, an dem das Netz hing. Aber auch das misslang.

„Hör mal, du“, rief Betty, „wer bist du eigentlich?“

„In meiner Heimat, dem Spinnental, nennen sie mich Minni, die braune Spinne.“

„Und warum überfällst du hier, im Violetten Land, arglose Wanderer?“

„Ich will ein bisschen was von der Welt kennenlernen und muss mich schließlich ernähren“, erklärte Minni.

„Die beiden kannst du wirklich freigeben“, sagte Betty, „sie sind keine Mahlzeit für dich.“

Doch das braune Tier blieb stur, machte keinerlei Anstalten, ihrer Aufforderung zu folgen. Der Löwe, der ungeduldig wurde, brüllte:

„Öffne das Netz, sonst hol ich dich herunter und dann bist du’s, die gefressen wird.“

„Komm doch rauf“, erwiderte die Spinne spöttisch.

„Wir könnten alle an dem Seil ziehen“, schlug Jessica vor, „dann muss sie es loslassen.“

Der Löwe nickte. Er, Jessica und Betty packten den Strick. Doch es war wie verhext, die Spinne Minni krallte sich mit vier Füßen ins Dach und hielt mit den beiden anderen und dem Maul das dünne Seil fest. Sie ließ nicht los, gab auch keinen Zentimeter nach.

Mia hatte bisher geschwiegen. Nun sagte sie leise:

„Wir verlieren zu viel Zeit. Hört auf zu zerren, damit sie sich sicher fühlt. Lenkt sie ab. Ich werde sie überlisten.“

Sie verschwand hinter der Scheune. Der Löwe wollte noch weiter an dem Seil ziehen, aber Betty hielt ihn zurück.

„Du bist wirklich enorm stark“, rief sie der Spinne zu.

„Gut, dass du’s einsiehst“, erwiderte Minni.

„Wir haben es eilig, wir müssen weiter“, sagte Betty.

„Niemand hindert euch daran. Geht ruhig eurer Wege.“

„Aber wir können unsere Freunde nicht im Stich lassen. Hab doch ein Einsehen.“

„Ich habe nie ein Einsehen, warum auch?“, gab die Spinne zur Antwort.

Der Löwe wollte erneut wütend werden, aber Jessica beruhigte ihn, indem sie ihm die Hand auf die Flanke legte.

Inzwischen war Mia aufs Dach geklettert und tauchte hinter der Spinne auf. Die bemerkte nichts, denn sie starrte unverwandt nach unten. Da keiner mehr an dem Seil zog, hatte sie den Krallengriff ihrer Füße gelockert.

Mit einem wilden Fauchen sprang Mia sie von hinten an. Durch den Aufprall verlor die Spinne das Übergewicht und fiel zu Boden. Direkt vor die Füße der Freunde. Sie wollte sich zwar aufrappeln, war aber von dem Sturz noch betäubt und taumelte umher.

Der Löwe drückte sie mit der Pfote auf den Boden, so dass nun sie bewegungsunfähig war. Trotzdem lispelte sie:

„Ich habe einen giftigen Stachel, ich steche dich."

Man sah, dass der Löwe ihr auf diese Worte hin am liebsten den Kopf abgebissen hätte, aber Betty sagte schnell:

„Das Stechen wirst du schön sein lassen. Sonst beißt dich mein Freund tot, ich merke, dass er große Lust dazu hat. Es ist Zeit, vernünftig zu werden."

„Ich bin nie vernünftig", murrte Minni.

Mittlerweile hatten Jessica und Mia die beiden Gefangenen befreit, denn die Spinne hatte das dünne Seil bei ihrem Sturz losgelassen. Der Holzfäller trat zu ihr und sagte:

„Obwohl man bei dir wirklich nicht von Vernunft sprechen kann, trage ich dir nichts nach. Von mir aus kannst du deiner Wege gehen."

Der Löwe murrte:

„Du bist viel zu gutmütig. Man könnte denken, du hast dein Herz wieder."

„Und du bist fast so mutig wie früher", erwiderte der Eisenmann. „Du hast ja nicht einmal vor Minnis Giftstachel Angst."

„Aber Strafe muss trotzdem sein", mischte sich der Scheuch ein, „wir nehmen das Netz der Spinne mit. Es ist stabil und doch leicht. Bestimmt können wir es gebrauchen."

„Ein kluger Gedanke", bestätigte die Katze. „Manchmal glaubt man, du brauchst dein Gehirn gar nicht, um weise zu sein."

Inzwischen jammerte Minni:

„Was soll ich denn ohne mein Netz? Ich brauche drei Tage, um ein neues zu spinnen."

„Drei Tage bloß?", staunte Jessica.

„Was denkt ihr denn?" Die Spinne war schon wieder obenauf.

Der Löwe ließ sie los, passte aber auf, dass sie ihn nicht doch noch verletzte. Im Nu war Minni wieder auf ihrem Scheunendach.

„Ihr seid vielleicht dumm", rief sie. „Wisst ihr nicht, dass im Spinnental jeder umgebracht wird, der sein Netz verliert?"

„Dann haben wir bei dir ja noch was gut", gab Betty zur Antwort. „Aber jetzt müssen wir wirklich weiter."

Sie packten dem Löwen das Netz auf den Rücken und setzten sich wieder in Marsch. Als Jessica sich noch einmal nach Minni umdrehte, sah sie die Spinne bereits an einem neuen Netz arbeiten.

GEMEINSAM ERREICHT MAN MEHR

Sie erreichten die Wälder in der Nähe der Hauptstadt. Der Holzfäller wollte sofort sein Heim aufsuchen, aber Betty Strubbelhaar hielt ihn zurück.

„Der Schatten und die Schlange sind gefährliche Gegner“, sagte sie. „Wir müssen uns überlegen, wie wir vorgehen.“

„Ich will mein Herz zurück“, erklärte der Eisenmann.

„Und ich meine Erinnerungen“, fügte der Scheuch hinzu.

„Ich möchte wieder mutig werden“, grollte der Löwe.

„Auch deshalb sollten wir einen Plan machen“, erwiderte Betty. „Wie wär’s, wenn Mia auf Erkundung geht?“

Die Katze war sofort einverstanden.

„Ich versuche herauszubekommen, wo das Herz und das Gehirn sind“, schlug sie vor. „Es wäre aber gut, wenn ihr den Schatten ablenken könntet.“

„Wenn ich ein paarmal laut brülle, werden sie vielleicht erschrecken“, meldete sich der Löwe.

„Meine Axtschläge sind gleichfalls weithin zu hören“, sagte der Holzfäller. „Sie halten mich bestimmt für tot und sind beunruhigt, wenn jemand Bäume fällt.“

Alle waren begeistert von diesen Vorschlägen. Jessica rief:

„Wie klug ihr seid! Mir würde nie so etwas einfallen.“

„Das sag mal nicht“, erwiderte Betty. „Bei den Säbelzahntigern hast du ja gezeigt, dass du eine würdige Enkelin des Großen Goodwin bist.“

Mia lief los und der Löwe begleitete sie ein Stück. Er hielt es für wichtig, die Feinde von verschiedenen Stellen aus zu erschrecken. In der Nähe des Holzfällerhauses trennten sie sich. Die Katze schlich durch den Garten. Plötzlich, sie war gerade durch ein Gebüsch gekrochen, prallte sie gegen eine große, im Gras liegende Steinfigur. Sie sprang zurück und es war, als ob von dem Stein ein

Klagelaut ausging. Mia schaute genauer hin. Das war doch ... ja, das war Hermosa, ihre Herrin. Ihr Gesicht, der rundliche Körper, die Arme und Beine, die Hände, die immer die Milch hingestellt hatten, waren nicht zu verwechseln. Vor Überraschung und Entsetzen stieß die Katze einen lauten Schrei aus.

Hermosa rührte sich nicht, dennoch kam es Mia vor, als hätte sie ihr zugeblinzelt. Bevor sie das allerdings überprüfen konnte, nahm sie am Gartentor ein Flirren wahr. Blitzschnell ging sie im Gebüsch in Deckung. Keine Sekunde zu früh – auf einmal tanzte der Schatten vor ihr und zwischen den Sträuchern umher. Mia duckte sich noch tiefer und hielt den Atem an.

Zum Glück sauste die Hexe einen Augenblick später wieder davon. Das ist sie also, diese hässliche Bastinda, dachte die Katze, ich muss sehr vorsichtig sein. Sie wandte sich erneut Hermosa zu. Sie konnte einfach nicht glauben, dass das ihre geliebte Herrin war. Zärtlich stieß sie ihr die Schnauze ins Gesicht. Und wieder war es, als würde der Stein ihr zublinzeln. Zugleich aber sagte eine piepsige Stimme hinter ihr:

„Was treibst du da eigentlich, Katze?“

Mia fuhr herum. Links vom Busch, in sicherer Entfernung, saß eine Maus. Es war aber nicht irgendeine Maus, sondern, wie sie sofort feststellte, das freche Ding, das sich Larry Katzenschreck nannte.

„Du hast mir gerade noch gefehlt“, murrte Mia statt einer Antwort.

„Du solltest nicht so sprechen. Wir beide haben gemeinsame Interessen.“

„Du und ich? Was könnten wir schon für gemeinsame Interessen haben?“, entgegnete Mia.

„Na ja“, sagte Larry, „Bastinda liebt unsereinen nicht gerade. Sie wirft uns nur allzu gern in ihren Kochkessel. Außerdem fällt uns auf, dass die Bauern, anstatt Kartoffeln und Getreide anzubauen, Speck zu räuchern oder Käse herzustellen, den wunderbaren Käse, nur

noch für das Schloss dieser Hexe schuften. Das gefällt uns gar nicht."

„Hm", murmelte Mia, „wenn man's so betrachtet, habt ihr wirklich gute Gründe. Du willst mir also vorschlagen, gemeinsam gegen den Schatten vorzugehen?"

„Und gegen die Schlange", fügte der Mäuserich hinzu. „Uns genügen Katzen als Gegner."

Mia hatte noch immer ihre Zweifel.

„Wie stellst du dir eine solche Zusammenarbeit vor?"

„Ich könnte dir einiges mitteilen, was euch neu sein dürfte", sagte Larry. „Zum Beispiel, dass die Schlange kurz nach euch am Haus des Schmiedes war. Sie ist auf den Hügel hinterm Garten gekrochen und hat etwas ausgegraben. Etwas, das für deine Freunde bestimmt von Bedeutung ist."

„Ein rotes Seidenherz etwa? Ein Beutelchen mit Nadeln und Kleie?"

„Schon möglich", erwiderte Larry. „Ich konnte mich nicht weiter darum kümmern. Aber ich könnte mir vorstellen, dass sie zur Zeit erheblich geschwächt ist. Sie hat sich an einem Dorn verletzt. Ich hab ein wenig nachgeholfen."

Die Katze bekam allmählich Achtung vor dem Mäuserich.

„Mit dir sollte man sich wirklich nicht anlegen", sagte sie anerkennend.

„Ist doch meine Rede."
„Jedenfalls vielen Dank für die Auskünfte."
„Geschenkt", sagte Larry Katzenschreck. „Hauptsache, sie nützen euch was. Jetzt müsst ihr allein sehen, wie ihr zurechtkommt." Mit diesen Worten verschwand er.

Mia, noch verblüfft über diese Begegnung, pirschte sich näher ans Haus heran. Um besser zu sehen und sich dem Schatten gegenüber sicherer zu fühlen, kletterte sie auf einen Baum. Von dort aus beobachtete sie die Ankunft der Schlange, sah das Täschchen, das sie ins Haus trug. Sie konnte zwar nicht hören, worüber Lelia und Bastinda sich unterhielten, vermutete aber, worum es ging. Ich muss unbedingt herausbekommen, was sie mit den beiden Dingen machen, die sie dem Scheuch und dem Holzfäller gestohlen haben, sagte sie sich.

Sie wartete, bis es im Haus ruhig wurde, und sprang dann wieder von ihrem Baum herunter. Auf Wegen, die nur ihr bekannt waren, durch den Keller nämlich, gelangte sie in die Diele. Niemand befand sich im Untergeschoss. Mia fielen der Schmutz und das Durcheinander auf, die hier herrschten, seit Hermosa nicht mehr für Ordnung sorgte. Die Katze seufzte. Was für ein Unglück war über das Violette Land gekommen.

Plötzlich hörte sie das Gebrüll des Löwen in der Ferne und die Axtschläge, die der Holzfäller angekündigt hatte. Die Hexe flirrte anscheinend wütend auf dem Dachboden herum, es klang, als wenn der Wind ins Gebälk fuhr. Mia stieg leise in den ersten Stock hinauf und inspizierte die Zimmer. Überall war es genauso dreckig wie in der Diele. Die Schlange hatte Schmutz und Erde in die Räume geschleppt, Blätter und Gras. Fleckige Kissen und Decken lagen herum, Schüsseln mit Speiseresten für Lelia, aber auch Rattenschwänze, Vogelfedern, Mäusehaare und getrocknete Kröten.

In einem der Zimmer schlief auf einem Kissen inmitten von allerlei Unrat die Schlange selbst. Mia hörte ihren pfeifenden Atem, bemerkte aber auch das Blutgerinnsel auf ihrer Nase – Larry hatte also nicht gelogen. Schade, dass ich so klein bin, dachte die Katze, der Löwe an meiner Stelle könnte sie jetzt ohne Mühe erledigen.

In einem anderen Zimmer standen eine Wanne mit Öl und ein Zuber Wasser. Mia konnte sich nicht erklären, wozu sie dienten. Dann befand sie sich im Arbeitszimmer des Eisernen Holzfällers, sah den großen Eichenholzschrank. Er war abgeschlossen, ein Schlüssel nicht zu entdecken.

„Entweder haben sie die Sachen in den Schreibtisch gepackt oder hier eingeschlossen", murmelte die Katze, „wie krieg ich das bloß heraus?" Sie begann nach dem Schlüssel zu suchen und warf aus Versehen eine leere Blumenvase um. Es polterte laut. Schnell versteckte sie sich unter dem Schrank.

Tatsächlich rief der Schatten:

„Warst du das, Lelia? Machst du solchen Krach?"

Die Schlange erwachte und begann zu schnuppern.

„Ich habe geschlafen, aber es riecht nach Katze", sagte sie.

„Bist du sicher? Vielleicht ist diese Mia im Haus. Ich hab doch erzählt, dass sie im Garten herumschleicht."

„Ich sehe nach. Woher kam der Krach denn?", fragte Lelia.

Sie kroch auf den Gang und schaute in die Zimmer. Mia unter ihrem Schrank wurde es ungemütlich. In diesem Versteck würde sie schnell entdeckt werden.

Ihre einzige Chance war das Fenster, das einen Spalt offen stand. Im Augenblick, als Lelia den Kopf zur Tür hereinsteckte, flitzte Mia los, über den Schreibtisch zum Fensterbrett.

„Hier ist das Biest", rief die Schlange, die ihr jedoch nicht so schnell folgen konnte. Die Hexe kam sofort nach unten gesaust, aber das war nur gut für die Katze. Sie floh bereits aufs Dach und sprang von da in die Bäume. Am Boden hätte Bastinda sie vielleicht erwischt, im Astwerk dagegen würde sie sich nur verheddern. Da half alles Fluchen nichts mehr.

JESSICA HAT EINE IDEE

Wieder bei den Freunden angelangt, die zunächst in einer alten Mühle Zuflucht gesucht hatten, erzählte die Katze von ihren Erlebnissen. Als sie von Hermosa berichtete, brach der Holzfäller in Tränen aus.

„Wir müssen die Hexe zwingen, sie wieder zurückzuverwandeln. Das ist wichtiger als alles andere“, sagte er, „wichtiger sogar als mein Herz.“

Die Freunde widersprachen ihm nicht, Betty aber meinte:

„Trotzdem glaube ich, dass wir Bastinda dein Herz und das Gehirn meines Mannes entreißen sollten, denn das betrachtet sie als ihre stärksten Trümpfe. Wenn Mia meint, die Schlange hätte beides im Eichenholzschrank eingeschlossen, wäre es sicherlich gut, die Hexe aus dem Haus zu locken. In der Zwischenzeit könnte der Holzfäller hineingehen und den Schlüssel suchen. Er kennt sich ja bestens aus."

„Notfalls kann er den Schrank mit seiner Axt aufbrechen", knurrte der Löwe, der wieder zu ihnen gestoßen war.

„Auch die Schlange müssten wir herauslocken", sagte der Scheuch. „Die Frage ist nur, wie wir das anstellen."

„Elli ist damals einfach zu Bastinda gegangen und hat sie zur Rede gestellt", mischte sich Jessica ein. „Vielleicht sollte ich das auch tun."

Der Löwe schüttelte skeptisch den Kopf.

„Es war ein bisschen anders. Bastinda hat uns mit Hilfe der Fliegenden Affen gefangengenommen und mich zum Beispiel eingesperrt. Sie wollte mich fett füttern und verspeisen. Elli musste schwer für sie arbeiten. Die Hexe hat ihr Leben nur verschont, weil Elli die silbernen Zauberschuhe trug. Solche Schuhe besitzt du leider nicht."

„Ich weiß, sie sind später verlorengegangen", erwiderte Jessica. „Vielleicht könnten sie uns aber trotzdem helfen. Ich könnte behaupten, mein Großvater hätte sie mitgenommen und ich wüsste, wo sie sind. Bestimmt würde Bastinda mir dann folgen und der Holzfäller hätte Zeit, den Schrank zu öffnen."

„Eine großartige Idee, du bist sehr mutig", sagte der Löwe anerkennend. „Ich werde dich aber begleiten, damit dir nichts zustößt. Auch wenn ich ziemliche Angst habe."

„Du brauchst mich nicht zu beschützen. Wenn mir die Hexe zu nahe kommt, begieße ich sie einfach mit Wasser."

Mia wandte ein:

„Du solltest den Löwen doch lieber mitnehmen, Jessica. Bastinda hatte in einem der Räume Wannen mit Öl und Wasser stehen. Ich glaube, sie experimentiert damit. Möglicherweise hat sie inzwischen ein Mittel gegen das Wasser gefunden."

„Gegen Zauberei kann der Löwe auch nichts ausrichten, so gut er es mit mir meint", erwiderte das Mädchen.

Sie diskutierten noch, da hob der Löwe witternd den Kopf.

„Seid mal still, draußen schleicht jemand herum."

Sie erstarrten und der Scheuch, der am Fenster stand, spähte hinaus.

„Ich kann niemanden entdecken", flüsterte er.

„Bleibt hier, ich werde vom Dach aus nachsehen", sagte leise Mia.

Sie stieg nach oben und suchte sich eine Stelle, wo sie die Lichtung vor dem Haus überblicken konnte. Die Mühle, seit Jahren nicht mehr in Betrieb, stand an einem ausgetrockneten Bach und war ringsum von Wald umgeben. Nur den Platz mit dem halb geborstenen Mühlrad konnte die Katze nicht einsehen.

Alles blieb still und Mia kehrte zu den anderen zurück.

„Draußen ist niemand, wir haben uns bestimmt getäuscht", sagte sie.

In diesem Augenblick knarrte die Hintertür und öffnete sich einen Spalt breit. Der Löwe war nicht mehr zu halten. Mit einem wilden Fauchen stürzte er zur Tür. Als die Freunde ihm folgten, sahen sie ihn neben dem Mühlrad. Er hatte einen Mann zu Boden geworfen und ihm die Pranke auf die Brust gesetzt.

„Halt, nicht doch", rief Mia, „das ist Knubbel, ein guter Bekannter!"

Es war tatsächlich der Zwinkerer, auch der Holzfäller erkannte ihn. Nach seiner Auseinandersetzung mit der Schlange, die ihn fast das Leben gekostet hätte, hatte er sich meist im Wald verborgen gehalten.

„Knubbel, was treibst du denn hier?", fragte der Eisenmann erstaunt.

Es stellte sich heraus, dass der Zwinkerer sowohl das Gebrüll des Löwen als auch die Axtschläge gehört hatte. Das ist bestimmt unser Herrscher mit seinem Freund, hatte er gedacht. Die Hexe, die behauptet, dass beide tot sind, hat uns belogen. Er hatte sich auf die Suche gemacht und war bis zu dieser alten Mühle gelangt.

Der Löwe ließ Knubbel los und entschuldigte sich bei ihm.

„Ich nahm an, es wäre der Schmied oder einer seiner Spießgesellen“, erklärte er. „In unserer Lage können wir nicht vorsichtig genug sein.“

Knubbel war keineswegs beleidigt.

„Du hast ganz recht, zumal der Schmied mit seiner Truppe auf Befehl des Schattens die Gegend durchkämmt. Und jetzt ist mir auch klar, wen sie suchen.“

„Uns“, sagte Betty, „aber erzähle lieber etwas von euch. Bist du der einzige, der sich hier im Wald versteckt?“

„Nein“, erwiderte Knubbel. „Es gibt genug Freunde, die nicht unbedingt für Bastinda schuften wollen.“

Bei dieser Bemerkung kam Jessica ein zweiter Gedanke. Sie hatte ohnehin die ganze Zeit überlegt, wie man die Hexe überlisten könnte. Jetzt sagte sie zu Knubbel:

„Sind unter deinen Freunden auch Schuhmacher?“

„Lass mich nachdenken ... Ja, zwei sogar. Warum?“

„Glaubst du, dass sie mir ein Paar silberne Schuhe anfertigen könnten?“, fragte das Mädchen weiter. „Es braucht kein echtes Silber zu sein, sie müssen nur so aussehen.“

„Schon. Ich verstehe bloß nicht, was du hier im Wald damit anfangen willst.“

„Ich will den Schatten damit hereinlegen. Ich brauche die Schuhe sehr schnell.“

„Na ja“, sagte Knubbel, „der eine Schuster hält sich in der Nähe versteckt. Wenn ich ihn gleich darum bitte, könnte er die Nacht durcharbeiten. Ein wenig Leder und silberne Farbe lässt sich bestimmt auftreiben.“

„Was nützen dir die Schuhe ohne Zauberkraft?“, mischte sich der Scheuch ein. „Wie ihr erzählt, zeichneten sich die von Elli ja gerade dadurch aus.“

„Es geht um Bastinda. *Sie* soll an die Zauberkraft glauben, verstehst du?“, erwiderte das Mädchen.

Der Scheuch schien nicht ganz überzeugt. Betty jedoch unterstützte sie:

„Ja, das könnte klappen. Und wer weiß, vielleicht finden wir sogar eine Methode, die Schuhe wirklich mit geheimnisvollen Kräften auszustatten.“

„Wieso denn das?“, wollte der Scheuch wissen.

Doch mehr verriet Betty nicht.

„Das ist nur so eine Idee“, murmelte sie, „lasst uns erst einmal eine Nacht darüber schlafen. Morgen, wenn wir die Silberschuhe wirklich besitzen, sehen wir weiter.“

DER SCHMIED WIRD BESTRAFT

Nachdem Mia entkommen war, kochte die Hexe vor Wut.

„In diesem Haus geht anscheinend jeder ein und aus, wie er will“, schrie sie. „Warum hast du die Katze entwischen lassen? Wahrscheinlich spioniert sie für den Eisernen Holzfäller und für diese Jessica. Muss ich denn alles allein machen!“

Lelia fand das ungerecht, hütete sich aber zu widersprechen. Sie wusste, damit würde sie Bastindas Zorn nur noch mehr anstacheln. Schließlich zischelte sie:

„Zu zweit können wir nicht alle Hauseingänge im Auge behalten. Wir sollten den Schmied mit einigen seiner Leute holen, damit er aufpasst.“

Mit der Erwähnung des Schmiedes goss sie freilich nur Öl ins Feuer. Der Schatten regte sich gleich wieder auf.

„Der Schmied soll unser Haus bewachen? Dass ich nicht lache. Wo steckt der Halunke überhaupt? Ich habe ihm befohlen, den Holzfäller und den Löwen aufzuspüren, aber merkst du etwas davon? Wahrscheinlich macht er sich stattdessen in der Stadt ein paar schöne Tage.“

„Dann sollten wir ihn erst recht herbeirufen“, lispelte die Schlange, „und ihm eine Abreibung verpassen. Der Holzfäller ist bestimmt nicht in der Stadt, sondern hier in der Nähe. Zum Beispiel gibt es da so einen ausgetrockneten Bach und eine alte Mühle. Sollte mich nicht wundern, wenn sie dort Unterschlupf gesucht hätten.“

Bastinda war ein wenig besänftigt.

„Gut“, krächzte sie, „vielleicht hast du Recht.“ Sie nahm eine schwarze Feder, die am Boden lag, sagte einen Spruch auf und hauchte die Feder an. Sekunden später flatterte der Schatten eines Raben durch den Raum.

„Flieg in die Stadt zum Schmied“, befahl die Hexe, „und fordere ihn auf, unverzüglich hierher zu kommen.“

Der Rabe flirrte durchs Fenster davon. Schon nach einer halben Stunde war er wieder zurück.

„Weisung ausgeführt", schnarrte er. Dann fiel er in sich zusammen und wurde wieder zur Feder.

Kurz darauf traf Ruppert, der Schmied, ein. Fünf oder sechs Zwinkerer, finstere Gesellen wie er und mit Knüppeln, Äxten und Messern ausgerüstet, folgten ihm.

„Wo wart ihr so lange?", herrschte ihn Bastinda an. „Habt ihr die Gesuchten gefunden und festgesetzt?"

Der Schmied wagte nicht, die Augen zu heben.

„In der Stadt sind sie nicht, Herrin. Wir haben aber ein paar Zwinkerer aufgestöbert und eingesperrt, die sich vor der Arbeit am Schloss drücken wollten."

„Ein paar Zwinkerer? Was für Helden ihr doch seid!", höhnte die Alte. „Hab ich dich deshalb zum General gemacht? Den Scheuch, den Löwen und den Holzfäller sollt ihr zur Strecke bringen. Die aber sind nicht in der Stadt, sondern ganz nahe im Wald. Wahrscheinlich haben sie ihr Quartier in einer alten Mühle aufgeschlagen."

Mittlerweile war es Abend geworden, Finsternis breitete sich vor den Fenstern aus. Einer von Rupperts Männern sagte:

„Wir werden uns die Mühle vornehmen, Herrin, gleich morgen früh."

„Ach so", krächzte die Hexe, „ihr fürchtet euch im dunklen Wald. Nichts da, ihr geht sofort zur Mühle. Und wehe, ihr bringt nicht alle her, die sich dort verbergen, tot oder lebendig."

Der Schmied und seine Leute machten, dass sie aus dem Haus kamen, mit der Hexe war wirklich nicht gut Kirschen essen. Draußen allerdings hatten sie es nicht mehr so eilig. Sie versammelten sich am Waldrand und Ruppert murrte:

„In der Nacht zur Mühle, die Alte hat gut reden. Bei der Finsternis bricht man sich bloß das Genick."

„Wenn wenigstens der Mond hinter den Wolken hervorkäme", seufzte einer seiner Spießgesellen.

Als hätte der Mond das gehört, zeigte er sich tatsächlich am Himmel und tauchte die Gegend in bläuliches Licht.

„Falls wir heute Nacht nicht zur Mühle gehen, wird Bastinda uns alle in Steine verwandeln", sagte ein dritter Kumpan.

Die anderen waren der gleichen Meinung und so brachen sie zögernd zur Mühle auf. Anfangs schwatzten sie noch, schwangen ihre Knüppel und machten sich so gegenseitig Mut, später wurden sie immer stiller. Nur wenn sich einer das Bein an einem umgestürzten Baum stieß oder über eine Wurzel stolperte, fluchte er leise vor sich hin.

Je näher sie der Mühle kamen, desto langsamer stapften sie voran. Es war schon Mitternacht, als das Gebäude plötzlich vor ihnen aufragte. Kein Laut war zu hören, kein Licht brannte.

„Wahrscheinlich sind sie gar nicht hier", sagte Ruppert hoffnungsvoll, denn das wäre ihm am liebsten gewesen.

Sie umstellten das Haus. Der Schmied und fünf seiner Kumpane postierten sich am vorderen Eingang, die anderen hinten.

Die Männer hatten besonders vor dem Löwen Angst, deshalb wagte keiner, als erster in die Mühle zu gehen. Schließlich schickte Ruppert den Kleinsten vor. Er sollte die Lage sondieren.

Die Tür war nicht verriegelt und der Mann befolgte den Befehl. Kaum hatte er jedoch das Haus betreten, bekam er einen Schlag auf den Kopf, der ihn ohnmächtig zu Boden warf. Diesen Hieb hatte ihm der Holzfäller verpasst. Er benutzte dazu noch nicht einmal seine Axt, sondern nur seine eiserne Faust.

„Alles in Ordnung?“, fragte von draußen der Schmied.

„Ja, ihr könnt reinkommen“, erwiderte eine Stimme, „es ist niemand hier. Die Gesellschaft ist offenbar ausgeflogen.“

Den Männern fiel ein Stein vom Herzen. Lärmend drängten sie nach innen. Nur Ruppert selbst zögerte noch. Die Stimme hatte dumpf und hohl geklungen, wie das in leeren Räumen oftmals ist, dennoch kam sie ihm fremd vor.

In Wirklichkeit hatte der Scheuch gesprochen, er hatte seine Stimme verstellt. Hinter der Tür versteckt, wartete er nun, bis Rupperts Leute im Raum waren. Dann kommandierte er:

„Jetzt!“

Durch eine Luke in der Decke fiel Minnis Spinnennetz herab und breitete sich über den Männern aus. Der Scheuch schnappte sich das Seil und zog die Maschen zusammen. Dann wickelte er den dünnen Strick schnell um ein paar Haken in der Wand.

Im Obergeschoss brachen Betty und Jessica in ein Freudengeheul aus, in das mit mächtiger Stimme auch der Löwe einfiel. Die Kerle im Netz aber schrien vor Schreck und verletzten einander mit ihren Äxten und Messern.

Der Schmied begriff, dass er hereingelegt worden war, und versuchte zu fliehen. Die Katze Mia allerdings, die auch im Finstern hervorragend sehen konnte und die Feinde als erste entdeckt hatte, bemerkte ihn vom Dach aus. Sie rief:

„Da läuft einer weg. Ich glaube, es ist Ruppert.“

„Das ist der Schlimmste“, sagte der Holzfäller, „er darf uns nicht entkommen.“

Er wollte hinterher, stolperte aber über die eigenen Beine und fiel hin. Er konnte mit seinen eisernen Gliedmaßen einfach nicht so schnell rennen.

„Ich greif ihn mir“, knurrte der Löwe, „dem werd ich’s zeigen.“

Mit gewaltigen Sätzen jagte er dem Schmied nach.

Ruppert wuchsen vor Angst Flügel, doch das nützte ihm wenig, sein Vorsprung war bald aufgebraucht. In letzter Minute drehte er sich um, wollte sich mit seinem Degen zur Wehr setzen. Aber der Löwe fetzte ihm die Klinge mit einem Tatzenhieb aus der Hand und warf ihn zu Boden.

„Töte mich nicht", flehte der Schmied, „die Hexe hat mich zu allem gezwungen."

„Gezwungen? Knubbel hat uns erzählt, was für ein Lump du bist. Für Macht und Geld hast du meinen Freund, den Holzfäller, niedergeschlagen. Du hast ihm die Brust aufgeschnitten. Dafür wirst du sterben."

„Nein! Ich gebe euch auch mein ganzes Geld und meine Edelsteine. Ich will alles wieder gutmachen."

Der Löwe glaubte ihm kein Wort, dennoch zögerte er. Ihm war ein Gedanke gekommen.

„Na gut", knurrte er schließlich, „vielleicht sollte ich Gnade vor Recht ergehen lassen. Bastinda soll erfahren, wie es ihren Bütteln bei uns ergangen ist. Vorwärts, steh auf. Du kannst dich zu deiner Herrin zurückscheren und Bericht erstatten." Er gab dem Schmied noch einen kleinen Prankenhieb, so dass der sich zweimal überschlug. Dann brüllte er kräftig zur Bestätigung seiner Worte.

Trotz seiner Blessuren sprang Ruppert auf und rannte davon, so schnell ihn seine Beine trugen. Erst am Waldrand machte er wieder halt. Wenn ich dem Schatten erzähle, was passiert ist, dachte er, wird er mich in seinem Zorn töten oder in einen Stein verwandeln. Ich will lieber nicht zum Haus gehen.

Doch es war zu spät, Bastinda hatte das Gebrüll des Löwen gehört und war zum Fenster gesaust. In der heraufziehenden Morgendämmerung sah sie den Schmied stehen und flirrte heran.

„Wo sind deine Männer? Habt ihr den Holzfäller und seine Freunde gefangen genommen?“, fragte sie in scharfem Ton.

„N...nein, es ging nicht, sie haben uns in einen Hinterhalt gelockt“, stotterte Ruppert.

„Dann laufen der Scheuch und Jessica also noch frei herum?“

„Ja ... leider ... Vor allem der furchtbare Löwe.“

„Hab ich mir’s doch gedacht“, schrie die Hexe. „Ihr seid zu nichts zu gebrauchen. Aber ich habe dich gewarnt. Wer nicht in der Lage ist, meine Befehle auszuführen, den bestrafe ich.“

„Bitte, bitte, große Zauberin“, rief der Schmied, „lass mich am Leben. Mach mich nicht zu Stein!“

Ein böses Glitzern lag in den Augen der Hexe.

„Nicht zu Stein, na gut, du sollst deinen Willen haben und weiterleben. Ruxi, kruxi, Hexentanz, Rattenschnauze, Rattenschwanz!“

Der Schatten reckte einen bläulichen Finger vor, von dem ein Blitz ausging, und der breitschultrige Schmied schrumpelte in Sekundenschnelle auf winzige Größe. Sein Mund wurde spitz, seine Kleidung zum Fell. Im Nu raschelte eine graue Ratte durch das Laub am Fuß der Bäume.

„Du sollst dich fortan unter der Erde in Löchern verkriechen“, krächzte die Hexe noch. „Und sieh zu, dass dich Lelia nicht erwischt, sie würde dich auffressen, ohne einen Moment zu zögern.“

BESUCH BEI DER HEXE

Der Holzfäller und seine Freunde hatten Rupperts Spießgesellen im Keller der Mühle eingesperrt. Nun überlegten sie, wie sie weiter vorgehen sollten. Sie trauten sich zu, mit jeglichen Verbündeten Bastindas und sogar mit der gefährlichen Schlange fertig zu werden. Nur wie sie den Schatten selbst besiegen sollten, wussten sie nicht.

Sie berieten noch, da klopfte es dreimal ans Fenster und Knubbel zeigte sich. Es war früher Morgen, die Sonne färbte gerade erst den Horizont rot. Der Zwinkerer wies triumphierend auf ein paar silberne Schuhe in seiner Hand. Sie waren bereits fertig.

Jessica war begeistert.

„Wie schick die sind, ein richtiges kleines Kunstwerk", rief sie. Knubbel wurde eingelassen und das Mädchen probierte die Schuhe

gleich an. Obwohl der Zwinkerer, der ja kein Fachmann war, nur ungefähr Maß genommen hatte, passten sie großartig.

„Ja, unsere Meister verstehen ihr Handwerk", erwiderte Knubbel bescheiden.

„Damit werden wir Bastinda bestimmt überlisten", sagte Jessica. „Am besten, ich gehe gleich hin."

„Nicht so schnell", widersprach Betty. „Wir sollten erst etwas tun, um uns alle ein wenig vor ihrer Hexenkunst zu schützen. Schließlich haben wir noch Pet Rivas Zauberwasser." Sie holte das Fläschchen sowie etwas Goldmoos aus ihrer Tasche, um damit Gesicht, Hände und Beine des Mädchens einzureiben. Auch sie selbst und die Freunde bekamen einige Tropfen ab.

Trotz der schlaflosen Nacht fühlten sie sich sofort wie neugeboren. Das Goldmoos allerdings war damit aufgebraucht und von dem Wasser blieb nur ein kleiner Rest. Betty steckte das Fläschchen trotzdem sorgfältig wieder weg. Dann sagte sie:

„Ich werde dich zum Schatten begleiten. Ihr andern versteckt euch am besten am Waldrand. Wir versuchen, die Alte vom Haus wegzulocken."

Sie brachen auf. Jessica war nun doch froh, dass sie nicht allein zur Hexe gehen musste. Am Waldrand blieben der Scheuch, der Löwe und der Holzfäller zurück. Mia dagegen folgte Jessica und Betty bis zum Gartenzaun und kletterte dort auf einen Baum.

Bastinda bemerkte ihre Feinde, kaum dass sie den Garten betreten hatten. Nach der Bestrafung des Schmiedes war sie eine Weile wütend im Haus umhergesaust, hatte sich dann aber wieder beruhigt. In ihrem Zimmer war sie sogar in eine Art Dämmerzustand verfallen. Nun fiel ihr ein silbriges Blitzen am Fenster auf. Es ging von Jessicas Schuhen aus. Die Hexe stob zur Tür hinaus und stand gleich darauf vor den Ankömmlingen.

„Was wollt ihr hier?", fuhr sie die beiden an. „In meinem Haus habt ihr nichts zu suchen."

„Das ist nicht dein Haus“, entgegnete Jessica tapfer. „Es gehört dem Eisernen Holzfäller, dem Herrscher des Violetten Landes.“

Der Schatten brach in ein höhnisches Gelächter aus.

„Dieser Blechfigur? Sie soll Herrscher in meinem Land sein? Gib acht, dass ich dich für deine Frechheit nicht in den Boden stampfe. Seit altersher bin ich, die Große Bastinda, Königin des Violetten Reiches. Und wäre nicht diese unverschämte Elli gewesen ...“, sie unterbrach sich, denn der Gedanke an Elli jagte ihr noch immer einen Schrecken ein.

Jessica sah es und stellte einen Fuß vor.

„Du bist keine Königin mehr“, sagte sie. „Elli hat dich damals besiegt.“

Der Schatten starrte auf die Füße des Mädchens.

„Wo hast du diese silbernen Schuhe her?“, fragte er.

„Du hast sicherlich gehört, dass Jessica die Enkelin des Großen und Schrecklichen Zauberers Goodwin ist“, schaltete sich Betty ein. „Er hat die Schuhe, die beinahe verloren gegangen wären, gerettet. Du siehst, sie passen ihr.“

Die Hexe fiel auf die List herein. Innerlich wütend, beherrschte sie sich. Dazu kam, dass von Pet Rivas Zauberwasser eine unbekannte Kraft ausging, die ihr Respekt einflößte.

Die Schlange Lelia dagegen, die gleichfalls aus dem Haus gekommen war, begriff nichts von alldem. Sie sagte: „Wenn dir die Schuhe gefallen, Herrin, nehme ich sie diesem dummen Kind einfach weg.“ Und ohne abzuwarten, stürzte sie sich auf Jessica.

Unter anderen Umständen hätte das Mädchen keine Chance gegen Lelia gehabt, das Zauberwasser aber verlieh ihr Kraft und Schnelligkeit. Ein Schlag mit der flachen Hand auf den Kopf genügte, um die Schlange zu stoppen. Vor ihren Augen tanzten Sterne und sie prallte zurück.

Für Bastinda war das ein Beweis, noch mehr auf der Hut zu sein. Sie schob alles auf die Kraft der Schuhe und krächzte:

„Nicht doch, Lelia, sei nicht so ungestüm. Wir wollen unsere Gäste freundlich willkommen heißen, statt mit ihnen zu streiten. Bestimmt waren sie lange unterwegs und möchten sich ausruhen.“ Zu Jessica und Betty aber sagte sie: „Kommt doch erst einmal mit ins Haus, meine Lieben. Dort können wir in Ruhe über alles reden.“

Sie flirrte voran und die beiden folgten ihr. Dabei fiel Betty auf, dass Bastinda offenbar wirklich keine Furcht vor Wasser mehr empfand. Am Morgen hatte es hier geregnet und die Alte glitt mit den Füßen durch die Pfützen, ohne Schaden zu nehmen.

Im Haus roch es nach Unrat und Hexensuppen. Prinzessin Betty, die solchen Gestank nicht gewohnt war, hielt sich die Nase zu, Jessica musste ein ums andere Mal niesen. Deshalb merkten beide nicht, dass die Alte schon wieder Übles im Schilde führte. Plötzlich öffnete sich eine Klappe unter ihnen und sie stürzten in ein Kellerloch.

„So, jetzt habe ich euch“, schrie die Hexe, „jetzt nützen euch auch eure silbernen Schuhe nichts mehr.“

Für Betty und Jessica aber war guter Rat teuer. Sie hatten Bastinda hereinlegen wollen und saßen nun selber in der Falle. Auch wenn sie von dem Sturz außer ein paar Beulen keinen Schaden davongetragen hatten – dem Scheuch, dem Holzfäller und dem Löwen hatten sie nicht gerade geholfen.

DIE ATTACKE

Mia hatte von ihrem Baum aus die Vorgänge im Garten beobachtet, doch was im Haus geschah, konnte sie nicht sehen. Sie misstraute der Hexe aber und als auch die Schlange wieder verschwunden war, pirschte sie sich näher heran. Wie schon bei ihrer ersten Erkundung, schlich sie zur Kellerluke, fand sie diesmal allerdings verschlossen.

Die Katze horchte am Fenster und vernahm dumpfe Hilferufe. Das musste Jessica sein, anscheinend war ihr etwas zugestoßen. Bettys Stimme war gleichfalls undeutlich zu hören. Die beiden sind in Gefahr, dachte Mia.

Allein konnte sie nichts machen, das war klar. Deshalb lief sie zum Waldrand zurück und benachrichtigte die Freunde. Nun gab es für den Löwen, den Holzfäller und den Scheuch kein Halten mehr. Der Löwe brüllte vor Kummer und Zorn so laut, dass ringsum die Tannen erzitterten. Er war auch als erster am Holzhaus.

„Komm heraus, Bastinda, damit ich dich zerfleische“, heulte er.

Die Hexe begriff, dass es ernst wurde. Der Löwe schien furchtlos wie früher, offenbar hatte der Zaubertrank, den ihm Lelia eingeflößt hatte, seine Wirkung verloren. Außerdem kam mit großen Schritten der Holzfäller herangestürmt, gefolgt vom Scheuch.

„Dieses Pack will uns angreifen“, rief Bastinda der Schlange zu, „los, zeigen wir’s ihnen!“ Sie stürzte aus dem Haus – zuerst würde sie sich die Raubkatze vornehmen. Die Hände vorgestreckt, flog sie auf den Löwen zu und krächzte ihren Spruch, der ihn in Stein verwandeln sollte. Doch zu ihrer Verblüffung blieb die Wirkung aus. Die unbekannte Kraft, die ihr schon an Jessica aufgefallen war, stand ihr im Wege. Zugleich verspürte sie einen leichten Schmerz in der Schulter, so als ob sie gar kein Schatten wäre, sondern ganz und gar körperlich. Der Löwe, der seinerseits auf sie los und durch sie hindurchgesprungen war, hatte sie mit seinen Tatzen erwischt.

Die Hexe wandte sich blitzschnell um, schleuderte dem Löwen erneut ihren Bannstrahl entgegen. Diesmal taumelte er, fiel zu Boden. Zwar wurde er nicht zu Stein, aber seine Kräfte schienen zu erlahmen. Gleichzeitig empfand Bastinda jedoch ein scharfes Ziehen im Bein. Sie schaute an sich herunter. Die starke geistige Anspannung hatte ihren Körper verfestigt und dadurch war es dem Holzfäller gelungen, ihr mit seiner Axt einen Hieb zu versetzen.

Die Alte war in der Klemme. Einerseits bestand ihre Stärke in der schemenhaften Gestalt, andererseits brauchte sie all ihre geistige Kraft, um diese Gegner zu besiegen. Ich schaffe es trotzdem, dachte sie und wandte sich dem Holzfäller zu. Da er aus Eisen war, konnte sie ihn nicht verwandeln, sondern musste ihn zerstören. Sie versuchte, ihn mit ihren Spinnenhänden am Hals zu packen. Der Eisenmann wehrte sich verzweifelt, schlug mit der Axt um sich. Meist traf er nur die Luft, einmal aber den Arm der Hexe. Sie zuckte zurück und schrie auf. Zumal sie auch noch die Zähne des Löwen in der Wade spürte.

Zum dritten Mal wandte sie sich mit ihrem Spruch gegen die große Katze und nun stürzte der Löwe endgültig hin, erstarrte.

„Endlich hab ich dich“, krächzte Bastinda. Sie schnappte nach der Axt des Holzfällers und entrang sie ihm. Während sie ihn am Hals fasste, setzte er ihr mit Faustschlägen und Fußtritten zu. Allmählich aber bekam sie die Oberhand. Schließlich warf sie ihn zu Boden, wo er wie tot liegenblieb.

Lelia hatte sich inzwischen den Schwächsten der drei vorgenommen, den Scheuch. Aber so einfach, wie sie dachte, war auch er nicht zu besiegen. Mit einem Knüppel in der Rechten, einer Astgabel in der Linken setzte er sich zur Wehr. Das Zauberwasser, mit dem er bespritzt worden war, nützte seiner Flinkheit. Lelia bekam Hiebe auf den Schwanz und die Nase und beinahe hätte der Scheuch sie mit seiner Gabel am Boden festgespießt. Am Ende freilich packte sie ihn doch noch. Sie würgte ihn so, dass er ohnmächtig niederplumpste.

Sie selbst musste sich nach dieser Anstrengung allerdings total erschöpft unter einen Busch legen. Auch die Hexe fühlte sich richtig krank und ließ sich auf einem Baumstumpf nieder.

Mittlerweile hatten Betty und Jessica in ihrem Kellerloch angestrengt überlegt, wie sie sich befreien könnten. Hier unten war es eng, finster und muffig. Nur durch einen schmalen Spalt drangen aus dem Nebenraum Lichtschimmer und ein wenig frische Luft herein. Die Falltür, die Bastinda vom Schmied hatte anbringen lassen, war zu schwer und auch zu weit oben, als dass die beiden sie hätten erreichen oder gar bewegen können. Sie riefen um Hilfe, doch niemand gab Antwort.

Plötzlich hörten sie durch die dicken Wände hindurch das Gebrüll des Tapferen Löwen und merkten, dass die Freunde attackieren wollten.

„Wir müssen ihnen helfen“, sagte Betty. „Wie kommen wir bloß hier heraus?“

„Vielleicht können wir den Spalt dort erweitern“, erwiderte Jessica.

Sie versuchten es, schafften aber nicht viel. Die Wand war steinig, noch nicht einmal eine Katze hätte durch die Lücke gepasst, die sie schließlich zuwege brachten. Sie riefen erneut um Hilfe. Auf einmal hörten sie draußen ein Miauen. Mia hatte die Abwesenheit der Hexe genutzt und war im Keller bis in den Nebenraum vorgedrungen.

„Seid *ihr* das da drin?“, fragte sie.

„Ja. Bastinda hat uns in eine Falle gelockt. Kannst du uns heraushelfen?“

„Ich bin zu schwach, um die Falltür anzuheben“, sagte Mia. „Ich kann nur hoffen, dass unsere Freunde die Hexe besiegen.“

„Warte einen Augenblick“, bat Betty, „mir fällt etwas ein.“

Sie forderte das Mädchen auf, die silbernen Schuhe auszuziehen. Dann holte sie den Rest Zauberwasser aus ihrer Tasche und dazu das Silbermoos, das den Elefanten Dickhaut im Kupferwald so müde gemacht hatte. Die Flüssigkeit reichte gerade noch, um die Schuhe innen einzureiben.

Betty nahm den linken Schuh und schob ihn durch die Lücke. Er war fast zu groß, so dass sie zu Jessicas Leidwesen den Absatz abbrechen mußte.

„Schaffst du es, den Schuh vors Haus zu tragen?“, fragte die Prinzessin. „Du musst ihn an der Spitze fassen, damit du nichts von dem Zauberwasser ableckst.“

„Wird schon gehen“, murmelte die Katze, die sofort alles begriffen hatte. Sie schleppte den Schuh mit einiger Mühe nach oben und holte danach noch den zweiten. Auch hier kamen sie nicht drum herum, den Absatz zu lösen.

„Du musst erreichen, dass Bastinda die Schuhe anzieht“, sagte Betty, „dann wird bestimmt alles gut.“

Mia tat ihr Bestes. Nachdem sie die silbernen Schuhe gut sichtbar an der Treppe zum Haus aufgestellt hatte, lief sie in den Garten. Der Kampf war gerade beendet und sie erschrak. Ihre Freunde lagen leblos am Boden, Schatten und Schlange aber, obwohl gleichfalls ziemlich mitgenommen, triumphierten.

Mit dem Mut der Verzweiflung trat Mia vor Bastinda hin.

„Du hast noch nicht gewonnen“, rief sie, „erst musst du auch mich besiegen.“

Die Hexe war so erschöpft, dass sie bloß ein spöttisches Kichern hervorbrachte.

„Du Zwerg“, murrte sie, „lächerlicher Winzling, ich werfe dich in den Kochkessel.“ Sie taumelte auf die Katze zu, die zum Haus rannte. Bastinda folgte ihr. In diesem Moment entdeckte sie die Schuhe.

Ihre erste Überlegung war, dass die beiden aus dem Keller entwischt wären und die Schuhe abgestellt hätten, um besser fliehen zu können. Ihr Dummköpfe, damit kriege ich euch umso schneller, dachte sie. Sie schwankte zur Treppe, riss sie an sich und zwängte ihre Füße hinein. Doch das hätte sie lieber lassen sollen.

Pet Rivas Zauberwasser, mit dem Silbermoos aufgetragen, wirkte sofort. Wäre Bastinda nicht so erschöpft gewesen, hätte sie vielleicht noch Widerstand leisten können, so war es vorbei mit ihr. Sie zerschmolz in den absatzlosen Schuhen, genau wie damals, als Elli sie mit Wasser übergossen hatte.

Gleichzeitig wurde es ihrer Kreatur, der Schlange mit den

Bernsteinaugen, sonderbar schwindlig. Sie taumelte, ließ den Kopf, den sie mit wütendem Zischen aufrichten wollte, auf die Erde sinken und zerfiel zu Asche.

Mia hatte diese Vorgänge mit Bangen und Hoffen verfolgt. Als sich die Alte vor ihren Augen auflöste, glaubte sie zunächst an einen Trick, vermutete sie im Garten, am Haus oder ganz in ihrer Nähe und hatte Angst, plötzlich von ihr gepackt zu werden. Doch nichts dergleichen geschah und der jähe Tod der Schlange war der Beweis für den Sieg. Die Katze stieß einen Freudenschrei aus, den sogar Betty und Jessica hörten.

Ich muss den beiden aus dem Keller helfen, sagte sich Mia, aber wie stelle ich das an? Sie wollte schon ins Haus rennen, um wenigstens die gute Nachricht zu verkünden, da fiel ihr Blick auf den Holzfäller. Hatte er nicht den Arm bewegt? Vielleicht ist er noch nicht ganz gestorben, dachte sie und lief schnell zu ihm. Da saß er schon auf seinem Blechhintern und sagte:

„Kannst du mir nicht eine Flasche Öl bringen? Meine Gelenke knirschen."

Bevor die Katze noch eine Antwort parat hatte, knurrte der Löwe, der sich benommen aufgerichtet hatte:

„Wo ist die Hexe? Ich zerreiße und fresse sie."

Und der Scheuch, den Kopf hebend, murmelte:

„Was war los? Ich kann mich an nichts mehr erinnern."

Aus dem Gebüsch weiter hinten aber rief jemand:

„Wo streunst du bloß herum, Mia? Ich hatte dir so schöne Milch hingestellt." Es war unverkennbar Hermosas Stimme.

Die Katze war außer sich vor Freude. Sie wusste nicht, zu wem sie zuerst springen sollte. Nur eins war ihr klar, dass mit dem Verschwinden der Hexe auch die Macht gebrochen war, die sie über ihre Opfer gehabt hatte.

Es dauerte eine Weile, bis alle begriffen hatten: Mit Bastinda war es zu Ende. Während Hermosa nach einem Fläschchen Öl für den Eisernen Holzfäller in den Schuppen lief, rannten der Scheuch und

der Löwe ins Haus zur Falltür. Mit gemeinsamen Kräften öffneten sie die Luke und holten die Gefangenen über eine lange Leiter nach oben. Betty und der Scheuch fielen sich in die Arme. Jessica legte die Wange an den Kopf des Löwen und wischte sich mit seiner wuschligen Mähne ein paar Tränen der Rührung ab.

Nun blieb nur noch eine Aufgabe – dem Holzfäller sein Herz und dem Scheuch sein wertvolles Gehirn zurückzugeben. Alle stiegen eilig hinauf ins Zimmer mit dem Eichenschrank. Hermosa wollte erst noch den Schlüssel suchen, doch der sonst so geduldige Eisenmann brach die Tür einfach mit seiner Axt auf.

„Ich will keine Minute länger warten als unbedingt nötig“, sagte er. „Lieber zimmere ich eine neue Tür oder gleich einen ganzen Schrank.“

Dann öffneten sie die Blechschachtel, in der leuchtend rot das Seidenherz und elfenbeinfarben das Leinenhirn mit den Nadelköpfen lagen.

Kurz darauf kam Knubbel mit seinen Leuten an. Sie hatten Rupperts Kumpane gefangengenommen, die in der Mühle eingesperrt gewesen waren.

„Seht mal, wer uns noch über den Weg gelaufen ist“, sagte Knubbel.

Es war der Schmied selbst. Durch Bastindas Tod war ihm zwar ein längeres Rattendasein erspart geblieben, doch war er gerade in dem Augenblick wieder Mensch geworden, als Knubbel und die anderen Zwinkerer vorbeikamen. Sie hatten ihn gefesselt und brachten nun die ganze Bande ins Stadtgefängnis.

Ein geschickter Kunstschmied und ein vortrefflicher Arzt setzten dem Holzfäller das Herz und dem Scheuch das Gehirn ein.

„Jetzt erst kann ich euch wieder richtig lieben“, erklärte der Eisenmann seinen Freunden und der Scheuch rief: „Meine Erinnerungen kehren zurück. Als wir zum Beispiel damals ins Violette Land gekommen sind, hatten wir Totoschka mit, das tapfere Hündchen.“

Bei dem Wort „tapfer“ wurde der Löwe nachdenklich.

„Weil du von Totoschka, diesem mutigen kleinen Kerl, sprichst ...“, begann er. „In der letzten Zeit bin ich wohl ziemlich feige gewesen. Ob das vorbei ist, was meint ihr?“

„Du warst überhaupt nicht feige“, widersprach ihm Jessica, „oder nur manchmal ein kleines bisschen. Das kam von dem Gebräu, das dir diese Schlange eingeflößt hatte. Jetzt dagegen wirst du uns wieder doppelt so mutig beschützen.“

Dann bereiteten sie gemeinsam mit den Zwinkerern ein großes Fest vor, eine Feier zum Sieg über Bastinda. Ihr neues Schloss würde für immer eine Ruine bleiben.

Drei volle Tage feierten sie. Dickhaut und Mümmel waren eingeladen, Larry Katzenschreck, die Amsel Tütü und sogar der Storch Klapp, der das eigentlich nicht verdiente, hatte er doch Lelia den Weg zum Park verraten. Nur Pet Riva hatte abgesagt. Er angelte lieber oder braute ein neues Zauberwasser, bei dem man dann selbst herausfinden musste, wofür oder wogegen es helfen konnte.

Und was geschah nach diesem Fest? Betty und die drei Freunde machten sich wieder ans Regieren, denn wenn Könige unterwegs sind, bleibt zu Hause immer eine Menge liegen. Für Jessica dagegen wurde es Zeit, zurück nach Colorado zu reisen. Zu ihrem Großvater Goodwin, dem sie von ihren Abenteuern erzählen wollte. Dickhaut, der Elefant, brachte sie bis zur Grenze ihres Landes und verabschiedete sie mit einem Trompetenstoß, der bedeuten sollte: Bis auf bald! Du weißt ja, bei uns im Zauberland passiert immer etwas Aufregendes und gewiss sehen wir uns alle in Kürze wieder.

INHALT